国家出版基金项目
NATIONAL PUBLICATION FOUNDATION

★ 科学的天街丛书

投入取真经

丛书主编/陈 梅 陈仁政

本书编著/黎 渝

——科学痴迷故事

四川科学技术出版社

图书在版编目（CIP）数据

投入取真经：科学痴迷故事 / 黎渝编著. -- 成都：
四川科学技术出版社, 2019.1（2024.12重印）

（科学的天街 /陈梅　陈仁政主编）

ISBN 978-7-5364-9355-1

Ⅰ.①投… Ⅱ.①黎… Ⅲ.①科学故事 – 作品集 – 中国 – 当代 Ⅳ.①I247.81

中国版本图书馆CIP数据核字（2019）第018931号

投入取真经——科学痴迷故事
TOURU QU ZHENJING——KEXUE CHIMI GUSHI

丛书主编　陈　梅　陈仁政

本书编著　黎　渝

出 品 人　程佳月
选题策划　肖　伊　陈敦和　郑　尧
责任编辑　文景茹
营销策划　程东宇　李　卫
封面设计　小月艺工坊
责任出版　欧晓春
出版发行　四川科学技术出版社

成品尺寸　160mm × 240mm
印　　张　14.75　字数 200 千
印　　刷　天津旭丰源印刷有限公司
版　　次　2019年1月第1版
印　　次　2024年12月第4次印刷
定　　价　49.80元
ISBN 978-7-5364-9355-1

邮购：成都市锦江区三色路238号新华之星A座25层　邮政编码：610023
电话：028-86361770

科学的天街丛书
编 委 会

目 录

教室里为何骚动

——魏尔斯特拉斯忘上课

"叮当叮当……"这是 1845 年某一天德国西普鲁士克隆的一所初级文科中学的上课铃。

魏尔斯特拉斯

可是，一间教室里却依旧闹闹嚷嚷，骚动久久不能平息，不知发生了什么事。校长过去一看，原来是上课的老师未到。一问，应该授课的老师是后来成为数学家的魏尔斯特拉斯（1815—1897，简称魏尔）。"魏尔一向勤奋负责，"校长自言自语，"他不是这样无故缺课的老师啊！"是啊，无故不去上课，通常总是说不过去的。

校长到魏尔的寝室一看，真相大白：他还在烛光下苦苦思索，全然不知新一天的太阳已经升起……

1842 年秋，魏尔在西普鲁士克隆的初级文科中学教数学、物理、德文、历史、地理、书法、植物，到 1845 年还兼教体育。

魏尔实在是一个痴迷数学研究的人。他废寝忘食地工作、研究，反复推敲自己的观念、理论和方法，追求完美。这些，已经成为他的"常态"。

由于上述工作负担很重和痴迷数学的双重原因，魏尔从 30 多岁起就患上了几种疾病，例如支气管炎、静脉炎。但只要有可能，他就要硬撑着上课，常坐着讲授，让优秀学生代他在黑板上书写。1850 年，他开始患上了眩晕症，每次发病的时间常持续 1 小时以上，直到一阵撕心裂肺的呕吐之后，症状才逐渐消退。1860年3月他年仅45岁，就曾在一次讲课中突然晕倒。1861年年底，他完全病倒，在此后的近两年中一直没能回到科学工作中来。

魏尔是一个在解析函数、椭圆函数等方面都有突出贡献的世界著名数学家。他和其他许多科学家对科学的痴迷，应从两方面来看。

一方面，将承担"大任"的"斯人"，必先"苦心志""劳筋骨""饿体肤"，所以魏尔的钻研精神值得称道。此外，在某些需要连续工作才能"攻关"，或在某些需要抓速度、抢时间的项目中，也必须这样做。这是打"攻坚战"。最后，也只有具备这些精神，才会"书痴者文必工，艺痴者技必良"——像蒲松龄所说的那样。具备这些"拼命三郎"的精神，才有可能成为引领科学前进的火炬手——即使是在某一个领域。

另一方面，我们一般不提倡不讲劳逸结合、损害身体地去工作；也不主张负担太重、头绪过多。例如教太多的学科，或者身兼几份过重的工作。要知道，"沙漠中的骆驼，经常比飞驰的骏马更早到达终点"，这是打"持久战"。无序的生活规律和过重的负担，不但会损害自己，而且有时还会对与你相关的人或事造成危害。

"紧张而有秩序地工作"，这应该是我们的工作常态；而"加班加点"，苦战几天几夜，只能在"紧急状态"下偶尔为之。

蕨类植物的诱惑
——阿达玛掉进河里

"有人掉水了，快来救啊……"1930年到1934年之间的一天，苏联，有人这样"紧急呼叫"。

那么，是谁掉到水里了？

18—20世纪的法国，是数学发展的鼎盛时期，其中有一位寿星——活了98岁（虚岁）的阿达玛（1865—1963）。

阿达玛

阿达玛在数论、复变函数论、微分几何和偏微分方程等方面都做出了重大贡献。不过，他在数学史上最值得一提的贡献是，在1896年，与比利时数学家泊桑（1866—1962）几乎同时各自独立证明了素数定理。

也是诗人的英国数学家西尔维斯特（1814—1897）在1881年曾悲观地大发"诗性"："我们……要等待一位'超人'出现才能证明素数定理。"然而，仅仅过了15年，就出现了两位这样的"超人"，并因此名垂青史！

不过，"超人"也有栽跟斗的时候——因为"不务正业"而掉进河里。

阿达玛有一个诡异的爱好——狂热地收集蕨类植物。一次，他带着自己的小妹妹到阿尔卑斯山去采集这类植物，到了目的地后，就把妹妹放在一条冰河旁边。采集完了之后，他自

普桑

己兴冲冲地回家了，完全忘记了妹妹的存在。他的这种马虎一直改不掉。40 岁时，在忘了带护照的情况下，阿达玛从法国动身去美国，幸运的是最后还是成功了。

一生"最爱"蕨类植物的阿达玛，在 64 岁时的 1929 年被选为苏联科学院院士。应苏联科学院之邀，他在 1930 年到 1934 年期间访问了苏联。

说起阿达玛访问苏联，就要在这里"插播"他访问中国的故事。

阿达玛是一位有正义感的高尚学者，对中国人民和中国学者始终怀着友好的感情。例如，在中国的抗日战争期间，他就在巴黎积极参加支援中国人民的运动。于是，当清华大学和中法文化基金会联合邀请他来华访问时，他欣然应允。1936 年（阿达玛正式退休的前一年）4 月 7 日，他抵达北京。清华大学校长梅贻琦（1889—1962），该校理学院院长叶企荪（1898—1977），实际负责联系和出面邀请的、时任清华大学算学系主任的熊庆来（1893—1969）教授等，都亲自到北京火车站迎接……

阿达玛在清华期间，适逢美国数学家、控制论的研究者——哈佛大学的维纳（1894—1964）教授也在该校访问。于是，他俩与清华算

"三国演义"版的"全家福"，前排左起的前六人：郑之蕃（1887—1963）、杨武之（1896—1973）、阿达玛、维纳、熊庆来、曾远荣（1903—1994）

学系的教师们，就奏响了"三国演义"版的"友谊地久天长"，并留下了一张珍贵的"全家福"。他俩及其家属一起度过的愉快时光，在维纳的自传体著作《我是一个数学家》中有生动的记述："我们……在古董商店里闲逛淘宝……发现有一幅肖像居然很像阿达玛教授本人——疏朗的胡须，鹰钩鼻，容貌俊美，很容易从熙攘的人群中认出……我们买下了这幅画并送给他，他非常高兴……"

再回到阿达玛的苏联之行。在莫斯科的访问"之余"，当然要饱览苏联的如画江山，阿达玛就与有着共同爱好的同行——两位年轻的苏联数学家柯尔莫哥洛夫（1903—1987）和亚历山德罗夫（1896—1982）结伴出游。原来，柯尔莫哥洛夫从小就喜欢亲近自然，例如采集植物标本；而亚历山德罗夫不但喜欢大自然，更是一位登山爱好者。

一天，他仨一起泛舟河上。忽然，阿达玛很兴奋地叫船立即靠岸，而自己则站在船头，激动得像一个孩子似的手舞足蹈，大喊大叫。终于，一直改不掉的"马虎"让他付出了不大不小的代价：掉到了水里，成了"落汤鸡"，这自然就引出了开篇的"紧急呼叫"。

那么，阿达玛在激动什么呢？原来，他发现岸上有一种罕见的蕨类植物，只想"我愿横流飞渡，和它轻言细语"……

幸好巧遇"追星族"
——维纳忘记姓名之后

维纳

提起大名鼎鼎的美国数学家维纳，许多人都知道他是一位当之无愧的神童：3岁能读写；7岁学完初等数学、物理、化学、法语、德语、拉丁语，并能阅读和理解达尔文（1809—1882）的著作；11岁上大学，14岁毕业于因茨学院数学系；18岁获哈佛大学物理逻辑学博士学位。

我们还知道，多年来科学界一直视维纳为控制论的奠基者、创立者。理由是，他于1947年写成的、1948年出版的《控制论，或关于在动物和机器中控制和通讯的科学》一书，宣告了控制论的诞生。这里对"控制论的诞生"作一补充说明：1978年8月，在荷兰首都阿姆斯特丹召开了第四届国际控制论研讨大会，大会通过了控制论的诞生从1948年提前到1938年，奠基者不是维纳，而是罗马尼亚军医、控制论专家斯特凡·奥多伯雷迦（1902—1978）的决议。这个决议的依据是：奥多伯雷迦在巴黎出版的法文两卷本（1938年出第一卷，1939年出第二卷，共接近900页）《和谐的心理学》（*Psychologie Consonantiste*），奠定了广义控制论的理论基础，是论述控制论的标志性著作。

然而，《和谐的心理学》的第一个罗马尼亚版本，直到1982年才出现，而罗马尼亚政府对此一无所知，甚至宣称控制论是资本主义

纪念奥多伯雷迦的邮票，2011年罗马尼亚发行

性质的科学，导致奥多伯雷迦被逮捕，他的家庭也受到监视。不过，他的儿子却在他的墓碑上写了"控制论之父"一词，这让罗马尼亚政府很懊恼。

虽然如此，维纳的贡献也不可磨灭。

在科学（特别是数学）上有许多贡献的数学家、无线电和自动控制专家维纳，还是一位出色的教育家，中国电机工程学家、控制论先驱之一的李郁荣（1904—1989）博士曾是他的学生和良好的合作者。出生在澳门的李郁荣，是华人系统学习研究现代通信和控制的第一人，他的工作催生了维纳的控制论思考，并在后期发展维纳控制论的理论及工程应用方面，做出了极大的贡献。李郁荣回清华大学任教后，著名教育家、清华大学校长梅贻琦（1889—1962）曾邀他于1935年8月15日来校讲学。李郁荣还曾募捐支持中国人民的抗日战争。

最早为美洲数学赢得国际声誉的维纳，曾于1913年6月出访英国剑桥和德国哥廷根大学，在第一次世界大战爆发后回到美国，先后在哈佛大学、麻省理工学院任教。

在麻省理工学院任教的25年里，维纳是校园中使人振聋发聩的大人物，许多人都想与他"套近乎"。

有一天，一个学生问维纳怎样解答一个具体题目，他思考片刻就答了出

麻省理工学院黑板面前的师生三代：维纳（右），李郁荣（左前），电气工程师、音响工程师阿马尔·戈帕尔·博斯（1929—2013）

来。实际上，这个学生并不是想知道答案，只是问他的"方法"。维纳说："难道就没有别的方法了吗？"深思片刻，他微笑着又写出另一种解法。其实，这种问问题的方式，也是"套近乎"的一种"方法"。

可就是这样一位才华横溢的"大腕"，还是闹出了许多笑语。

又有一天，维纳的一个学生看见他在邮局里寄东西，很想上前自我介绍一番，攀谈几句。因为在麻省理工学院里能与维纳直接说上几句话、握握手的这种机会是非常难得的。

现在就是千载难逢的大好机会，但这位学生却不知道怎样接近他才好。为难、思考之间，只见维纳来来回回地踱步，埋头陷于沉思之中。这位学生就更担心了，生怕打断了老师的思维而让某个灵感消失，从而损失了一个深刻的数学思想或重大的数学发现。

不过，他最终还是鼓足勇气，靠近了这个伟人，说："早上好，维纳教授！"

听到声音的维纳，猛一抬头，拍了一下前额，"啊"了一声，豁然顿悟似的说道："对，维纳！"

原来，维纳正准备往邮件上写寄信人的姓名，但无论如何也想不起自己的名字了。

正是：为"名"思得人憔悴；蓦然抬头，得来全不费功夫。

不过，对自己的"健忘"水平，维纳既不必"自卑"，也无需"自傲"，因为有这个"水平"的重量级人物多着呢！

家喻户晓的"发明大王"爱迪生，有一次去纳税，就忘记了自己的姓名，搞得税务官哭笑不得。还有一次，他和新婚的妻子乘火车到旧金山，下车把妻子忘了，还是知道他经常"丢三落四"的列车员提醒他，他才和妻子一同出站。

这种"丢失"自己大名的事不只发生在自然科学家身上，其他领域的学者也大有人在。

据著名女作家冰心（1900—1999，原名谢婉莹）讲，有一次，金岳霖告诉她一件事：金岳霖一次出门访友，到人家门口按了门铃，朋友家女仆出来开门，问他"贵姓"，他一下子忘了自己"贵姓"，怎么也想不出来。没有办法，他对女仆说，你等一下，我去问问我的司机。惊得那位女仆张着嘴半天说不出话来。告诉冰心这件事时，金岳霖还幽默地说："我这个人真是老了，我的记性坏到了'忘我'的地步！"

1995 年，中国社会科学院研究员汤学智（1942— ）在《新民晚报》上撰文《"健忘"趣谈》，其中有这样几段话。

"近读著名哲学家金岳霖先生《晚年的回忆》，又发现天外还有'天'。他写道：在 30 年代，我头一次发现我会忘记我的姓名。有一次我打电话给陶孟和，他的服务员就问我：'您是哪位？'我答不出来，我说不管它，请陶先生说话就是了。我不好意思说我忘了。可那位服务员说'不行'！我请求了两三次，还是不行，我只好求教于王喜，他是给我拉洋车的。他说：'我不知道！'我说：'你没听人说过？'他说：'我只听人家叫金博士。'一个'金'字就提醒我了。"

汤学智接着写道：

"读着这段文字，我一面忍住笑，一面想：金先生的'健忘''忘'到这份上，真可谓举世无双了！'

"哪里晓得当我继续往下读时，金先生又举出了一位更高级的'健忘大师'——潘梓年。

"原来，潘梓年当年在重庆的某一签名场合上，提笔忘名——也记不起自己的名字

金岳霖

了。他的'高超'之处是当旁边的人提醒他姓潘，他不仅依然想不起来，并且还进一步询问：'哪个潘呀？'

"真是'妙'绝！我再也忍不住，独自放声大笑起来。"

上面提到的金岳霖（1895—1984）和潘梓年（1893—1972），分

别是中国著名的哲学家和逻辑学家。

潘梓年

这些事似乎就怪了：怎么这些"世界级""国家级"的大师们都那么"不中用"，连自己的姓名都不"随身携带"？

其实，这一点都不怪：正是由于他们的"忘"造就了"大"，也正是由于他们的"大"才使他们去"忘"。有谚云："贵人多忘事"。如果将这里的"贵人"理解为"成大业的人"，"事"理解为"大业以外之事"的话，这谚语可奉为经典。

忘女儿、忘生日与忘地名
——维纳、吴文俊和希尔伯特

维纳最有名的趣闻之一是搬家的故事。一次乔迁，妻子熟悉维纳的方方面面，包括他的"记性"，于是，在搬家前一天晚上再三提醒他，勿忘新居的地址。她还找了一张便条，上面写着新居的地址，并用新居的房门钥匙换下维纳身上旧房的钥匙。

第二天，维纳带着纸条和钥匙上班去了。

白天，恰好有一个人问他一个数学问题，维纳就把答案写在那张纸条的背面递给了这个人。

晚上，维纳习惯性地回到旧居，他很吃惊地发现，怎么今天家里没人？他从窗子望进去，家具也不见了。掏出钥匙开门，发现根本对不上齿。于是使劲拍了几下门，随后就在院子里来回踱步，寻找对策。

突然，他发现街上跑来一个小女孩。维纳就对她说："小姑娘，我真不走运。我找不到家了，我的钥匙插不进去。"小女孩说道："爸爸，没错。妈妈让我来找你。"

忘事的数学家还不只是维纳。

1979 年 5 月 12 日，一位同志去拜访中国著名数学家、2000 年国家最高科学技术奖的两位得主之一的吴文

吴文俊获首届国家最高科学技术奖

俊（1919—2017）。该同志一见面就说："听您夫人说，今天是您60大寿，特来表示祝贺！"吴教授听了，若无其事地说："噢，是吗？我倒忘了。"

这位来访者感到有点迷惑不解，心想："这位数学家怎么连自己的生日都忘了？是不是有点糊涂？"后来，双方谈话涉及机器证明的问题，来访者问道："这台机器是什么时候安好的？"

"去年12月6日。"吴教授不假思索地回答。

"您在计算机研究方面有些什么进展？"

"大的进展谈不上。今年1月11日以前，我为计算机编成了300多道'命令'的程序，完成了第一步准备工作。"

这时，来访者十分惊讶地问道："吴教授，您连自己的生日都记不住，却很清楚地记得这几个日子，这是什么原因？"

吴教授看他问得这么认真，忍不住笑了："我从来不记那些没有意义的数字。在我看来，生日，早一天，晚一天，有什么要紧？我的生日，爱人的生日，孩子们的生日，我一概不记，但是……"

当然，记得"复杂数字"而记不得"简单数字"的数学家，并非只有吴文俊一个。

德国的希尔伯特（1862—1943）也是一位"健忘大师"。他成了世界著名大数学家之后，一次，有个记者请他谈谈他经历过的与数学有关的地方。

希尔伯特的回答使这位记者目瞪口呆："实际上，我什么地方也记不得，记忆只会把思想搞乱。"

记者仍不罢休，又彬彬有礼地怀疑道："一个人真的会排除掉记忆和历史吗？"

希尔伯特微微一笑，说道："也许，人们从来认为我在忘性方面有特殊的天

希尔伯特

赋。确实，我就是因为这个才研究数学的。"

这就怪了，"在忘性方面有特殊的天赋"，并且还因为这"天赋"成了世界著名的大数学家！

其实，这一点也不怪。其中"奥妙"，希尔伯特和盘托出："我之所以能够搞出一些东西，就是因为我老有不明白的地方。"

当然，患这种"健忘症"的人不仅有科学家，也有文学家、艺人等。中国著名电影演员赵丹（1915—1980）经常忘记自己妻子的姓名，因此写了一张纸条放在身上：我妻黄宗英（1925— ），1948年与我结婚，家住 × 路 × 号 × 楼，勿相忘。美国作家马克·吐温（1835—1910）上了火车，却忘记去哪儿。英国喜剧大师卓别林（1889—1977）也曾把自己秘书的名字忘了。

心中"鸿鹄"现桥上
——哈密顿发明四元数

在爱尔兰都柏林城外，有一条皇家运河。运河上的布鲁姆桥（Broom Bridge）的一块石头上，镶嵌着一块水泥牌匾，上面写着：

布鲁姆桥上的水泥牌匾

1843 年 10 月 16 日，哈密顿爵士曾散步于此。关于四元数乘法的基本公式

$$i^2 = j^2 = k^2 = ijk = -1$$

的天才发现，来源于那时的一闪念。

他还将该公式刻于此桥的一块石头上。

怎么会在桥上刻一个数学发现呢？

1843 年 10 月 16 日黄昏，英国数学家、物理学家威廉·罗恩·哈密顿（1805—1865）和夫人海伦·玛丽亚·贝丽（一个乡村牧师的女儿，他俩在 1833 年结婚），沿着都柏林城外皇家运河散步，途经布鲁姆桥进城。

清凉的晚风驱散了一天的疲劳，思维海洋的水面上静谧得没有一丝波澜。谁知潜藏在深层的大脑细胞仍然默默地活动着。走到桥头，突然，哈密顿的思维激起了波涛，悟到"三度空间内的几何运算，所要叙述的不是三元，而是四元"。

哈密顿追求了 15 年的宠儿在头脑中孕育成熟了，诞生在布鲁姆桥上。他惊喜若狂，当即取出小刀，把他的发现刻写在桥头的一块石头上——以免忘却。四元数理论诞生了。

对此事，后来哈密顿在回忆录中写道：

"1843 年 10 月 16 日，当我和夫人步行去都柏林途中，来到布鲁姆桥的时候，它们（指四元数）就来到了人间，或者说出生了，发育成熟了。这就是说，此时我感到思想的电路接通了，而从中落下的火花就是 i，j，k 之间的基本方程；恰恰就是我此后使用它们的那个样子。我当场拿出笔记本，它还在，就将这些做了记录。"

这个四元数的标准形式是 $a + bi + cj + dk$。当时记录此项发现的小本子，现仍珍藏在都柏林三一学院图书馆。当时哈密顿直觉地想到，要求的太多了，必须牺牲交换律，于是第一个非交换的代数——四元数代数就突然诞生了。在这种代数中，乘法交换律不适用。

1843 年 11 月，哈密顿在爱尔兰科学院宣布了他的四元数的发现。消息一传出，轰动了数学界，轰动了都柏林。当时连上流社会附庸风雅的老爷太太、达官贵人们，茶余酒后也侈谈着"四元数"，并以此为荣——谈论四元数已成为一种时髦。

为什么有这种"轰动效应"呢？

1 个数要由 4 个数才能组成，而且 $a \times b \neq b \times a$，怎么不令人奇怪呢？正如英国物理学家开尔文（1824—1907）所说："哈密顿确实做了非常出色的工作，从而诞生了四元数；虽然美妙而富有创造性，但对于以任何方式接触过它的人说来，这实在是个纯粹的邪念。"

那时，常常有人在街头拉住哈密顿，请他讲讲四元数到底是怎么回事。哈密顿怎么能给这些人讲清楚呢！只好无可奈何地耸耸肩，噘噘嘴。

哈密顿曾写过一首诙谐的诗——《致一位夫人的信》，来描述四元数。说四元数就像弥尔顿

哈密顿

的名著《失乐园》中亚当的祈祷：

　　"大气和你的诸元素，

　　大自然胎里孕育成，

　　以四种元素相混合，

　　循环造化其乐无穷。"

　　这里的四种元素指水、火、土、气——古代人眼中构成世界的基本物质。

　　哈密顿晚年竭尽心力研究四元数，1857 年发表了《四元数讲义》。他逝世后的第二年即 1866 年，出版了《四元数原理》。

　　哈密顿曾经说过，"勤奋工作而酷爱真理的人"能成为我的墓志铭。15 年的痴迷，瞬间升华为瑰宝；这就是"精诚所至，金石为开"。看来，哈密顿有资格长眠在这一墓志铭下。

　　美国数学史家伊夫斯在《数学史上的里程碑》一书中，把四元数称为数学史上的一个丰碑。由此产生了不下于 200 种的非交换代数。

　　现在，四元数已是明日黄花，成为数学史上一项有趣的古董——它已经被比它灵活得多的向量分析完全取代。向量分析是美国物理学家、数学家吉布斯（1839—1903）创立的，但并不影响我们赞赏哈密顿所创造的人类思维的奇迹。于是，我们要把波兰诗人阿斯尼克（1838—1897）火一样的诗献给哈密顿：

　　追求真理之光，

　　寻找那不为人知的新路……

　　即使人们有比现在更敏锐的目光，

　　他们仍能看到神圣的奇迹……

手提箱里的秘密
——赫尔姆斯痴解作图难题

走进德国哥廷根大学博物馆，你会看到一只奇怪的手提箱——它，已经被保存了一个半世纪。

那么，这只手提箱中有什么秘密这么值得珍藏呢?

要揭开其中的秘密，我们还得从头说起。

从古希腊开始，人们就在用"尺规作图法"解答"古典三大难题"，但长期没有人能解答这些难题。这里提到的尺规作图法，是指只用圆规和没有刻度的直尺作图；而古典三大难题，是指"倍立方体"——作已知立方体体积两倍的立方体，"化圆为方"——作与已知圆面积相等的正方形，"三等分角"——把任意角三等分。

手提箱中有秘密

尺规作图法的特有魅力和古典三大难题长期没有答案，使无数的人沉湎其中——或乐而忘返，或悲而流连。连拿破仑（1769—1821）这样一位威震欧洲的风云人物，在转战南北的余暇，也常常沉醉于尺规作图的乐趣中。他还编了一道尺规作图题，向全法国数学家挑战呢。他出的题目是：只准许使用圆规，不能用其他工具，将一个已知圆心的圆周 4 等分。当然，这已经不是"尺规作图"而是"圆规作图"了。

人们在研究古典三大难题的过程中，还发现了许多类似的难题。流传很广的"等分圆周问题"——又叫"按尺规作图法作圆内接正多边形问题"或简称"正多边形作图问题"，就是其中一个。当然，它比拿破仑的题目难解得多——因为要作出圆的任意内接正多边形。

古希腊人按尺规作图法，作出了圆的内接正三、正四、正五、正六边形，以及边数为它们 $2m$ 倍（m 为正整数）的圆内接正多边形。他们还想继续作出其他的正多边形——可是在作正 7 边形的时候，就"卡壳"了。于是，什么样的正多边形能作得出来或作不出来，就成了上述的作图难题。

1795 年，德国数学家高斯（1777—1855）来到德国著名的哥廷根大学学习。入学不久，他就按尺规作图法，作出了正 17 边形，并由此坚定了从事数学研究的信心。对这个影响终身的事件，高斯"生死不忘"："我死后，请后人在我的墓地建一座正 17 边形的墓碑。"他死后，果然如愿以偿——在他的家乡布伦什维克，一个以正 17 棱柱为底座的纪念像拔地而起。

年轻的高斯按尺规作图法作出了圆的正 17 边形后不久，就提出了一个新的理论——证明了关于尺规作图的重大定理：对奇素数多边形，如果一个奇素数 P 是"费马数"，那么 P 边的正多边形就可以用尺规作图法作出来，否则就作不出来。费马（1601—1665），是法国数学家。费马数，是指像 $F_n = 2^{2^n} + 1$ 这样的数；这里，n 代表非负整数。

根据高斯的这个定理，$F_0=3$，$F_1=5$，$F_2=17$ 等素数，都是费马数，所以正 3、正 5、正 17 边形等，以及它们的整数倍边形都能作出来；而 7，11，13 等素数，都不是费马数，所以正 7、正 11、正 13 边形等，以及它们的整数倍边形都作不出来。

就这样，高斯解决了一个延续了 2 000

高斯

多年没有得到解决的难题——关于尺规作图法的不可能问题。这是一项惊人的成就——从思想方法上促进了古典三大难题的研究和解决。

于是，从 19 世纪初开始，就掀起了一场正多边形的作图热。对应于 F_2 的正 17 边形，大约在 1819 年，数学家约翰·路里（John Lowry）用了一种与高斯不同的方法作了出来，并发表在《数学博览》杂志上，有 9 页的篇幅。对应于 F_3 的正 257 边形，则是德国数学家弗里德里希·朱利叶斯·黎克洛（1808—1875）在 1832 年用尺规作图法作出来的；他的作法，占了一本数学杂志 80 页的篇幅。

可是，黎克洛的这一"世界纪录"，没多久就被打破了。对应 F_4 的正 65 537 边形，德国数学家约翰·古斯塔夫·赫尔梅斯（1846—1912）经过 10 年的研究，在 1894 年用尺规作图法作了出来，从而再创新的"世界纪录"。在他求解这个问题的 200 多页数学手稿上，画满了图形，多到装了整整一个手提箱——我们前面提到的那个手提箱。

黎克洛的墓碑

在不知"春归何处"的情况下，痴痴的赫尔梅斯在解决这个"没有经济效益"的难题的 10 年里，要多么坚韧不拔啊，又要付出多么艰辛的劳动啊！难怪哥廷根大学博物馆要珍藏这个也许是空前绝后的"世界纪录"呢！

人类的所有活动，都由"功利心""快乐心"和"探索心"支配。由"功利心"支配的活动，能造福人类。由"快乐心"支配的活动，有益身心健康，但像赫尔梅斯和许多科学家那样由"探索心"（当然有时也伴有"快乐心"）支配的"纯科学"活动，许多人都不屑一顾或望而生畏。然而，正是这种"探索心"造就了无数重大的科学成果——特别是"基础科研"成果，进而达到"功利心"和"快乐心"所不能企及的高度！

等差数列决定死期
——莫瓦夫尔临终不忘数学

阿伯拉罕·德·莫瓦夫尔，又译棣莫弗，是一个我们不太熟悉的法国数学家。他于 1667 年 5 月 26 日出生在法国东北部原香槟省的维特里。1685 年，法国废除了南茨法，并驱逐加尔文教的教徒，他被迫随父母离开家乡，侨居英国伦敦。这里提到的"加尔文教"又称"加尔文宗"，由原籍法国、后来定居日内瓦的加尔文（1509—1564）创立。有一段时期，莫瓦夫尔在英国靠当家庭教师谋生。后来，他读了牛顿的《自然哲学的数学原理》之后，对数学产生了兴趣。

由于莫瓦夫尔勤奋学习，潜心钻研，他很快成为英国当时一流的数学家，并与牛顿成为亲密的朋友。1697 年，他当选为伦敦皇家学会会员，同时又是巴黎科学院、柏林科学院院士。由于他是从欧洲大陆来到英国的侨民，所以他曾被派参加专门为调解牛顿与莱布尼茨（1646—1716）之间关于微积分发明权之争的委员会。

莫瓦夫尔在创立概率论早期理论、计算大自然数的阶乘的近似值等工作中，对数学做出了重要的贡献。

莫瓦夫尔

莫瓦夫尔对数学特别痴迷，有一个颇具数学色彩的神奇故事可以说明这一点。

在莫瓦夫尔临终前的若干天，他特意每天比前一天多睡 10~15 分钟，那么各天睡眠时间将构成一个等差级数，当这个等差级数的某一项达到 24 小时的时候，这位"神机妙算"的数学家也就长睡不醒了，因为不可能在一天内睡 24 小时以上。

就这样，莫瓦夫尔计算着他的等差级数，于 1754 年 11 月 27 日在伦敦逝世，再也不能计算了。

有人说，科学家是死在科研中的。这句话虽然有点偏颇，但却道出了科学家对科学的痴迷和敬业精神。"死在自己钟爱的事业上"的不止有科学家，现代戏剧之父、挪威剧作家易卜生（1828—1906）就是最典型的一个。易卜生常扮演自己所写剧本中的重要角色，在一次扮演无病呻吟的人咳嗽时，由于太过投入，震破了喉管。观众认为他演得太逼真了，竭力为他叫好，结果掌声还没有结束，他就倒在了舞台上……

蜡烛为何总是不够用

——萨默维尔挑灯夜读

玛丽·费尔法克斯·萨默维尔

"啊，蜡烛又没有了！"

家里的蜡烛够多，女仆却一再抱怨不够用，女主人威廉·玛格丽特·费尔法克斯（William Margaret Fairfax）决定查个究竟。

答案很快找到了：威廉·玛格丽特·费尔法克斯之女玛丽·费尔法克斯·萨默维尔（1780—1872）——一个13岁的孩子，很长一段时间的每天晚上，都在卧室里偷偷点着蜡烛看书。这种极度的痴迷，让她的父亲——苏格兰的海军中将威廉·乔治·费尔法克斯（1739—1813）爵士和妻子非常愤怒，因为女儿手里捧的是欧几里得的《几何原本》。这在那个年代不可接受。

那么，这个女儿是怎么迷上《几何原本》的呢？这得从4年前说起。

1789年，9岁的小萨默维尔被送进女子贵族学校，接受了一年的正式教育。父母希望她能学会豪门女子应有的姿态和礼仪。

女儿最终没有令父母失望：这一年的教育，培养了她持续一生的阅读兴趣。此后，小萨默维尔每年都要参加女子学校。除了缝纫、弹钢琴和画画等上层女子应具备的技能，她也喜欢上了社交活动。

然而，"天有不测风云"。一本女性时尚杂志上的智力游戏题，转移了小萨默维尔的兴趣。这个被朋友们戏称为"耶德堡（Jedburgh，小萨默维尔的出生地）玫瑰"的女孩子，竟然喜欢上了数学。

可惜的是，女子学校没有数学课，小萨默维尔就找到她的哥哥的老师，请他解释一些基本概念。

在一次绘画课上，这位老师建议一个男生去研究欧几里得的《几何原本》，以便深入了解透视理论。小萨默维尔无意间听到了，就把书名悄悄地记在了心里。但她很清楚，自己亲自去买这样的书，肯定不大合适。她再次想到了哥哥的老师。

不过，小萨默维尔还没来得及看完到手的《几何原本》，她的父母就发现了她的秘密。在母亲看来，一个女孩子竟然对数学感兴趣，"是一种耻辱"。父亲则担心女儿会因此患上精神疾病。

父母俩不仅没收了《几何原本》，还不许小萨默维尔接触任何与数学有关的书籍。

…………

1804 年，双亲把接近 24 岁的萨默维尔嫁给了她的远房表哥塞缪尔·格雷格（Samuel Greig 或 Samuel Greigh）——俄国驻伦敦领事、海军上将的儿子。尽管表哥受过良好的教育，但他并不希望妻子学习数学。在对有知识的女性普遍充满了偏见的年代，丈夫眼里，妇女根本就没必要接受教育。萨默维尔只能遵从丈夫的意愿。

3 年之后，如丈夫所愿，萨默维尔生下两个儿子。然而，丈夫却不幸去世。丈夫去世后，她只好回到了苏格兰。

丈夫留下的丰厚遗产，足以令萨默维尔衣食无忧，但她却决定开始继续专心学习数学。不过，由于亲友反对，她只能与一些数学家悄悄通信。

人生再次"风云变幻"。1812 年，萨默维尔嫁给了另一个表哥——威廉·萨默维尔（William Somerville，1771—1860）博士。再婚为她带来了转机，新丈夫非常支持她在数学和科学上的兴趣。1816年，有四个孩子的她举家搬到伦敦，经常和当选为皇家学会会员的丈夫参加该学会的科学讲座，并与欧洲众多科学家建立了深厚的友谊。例如，夫妇俩在家中就招待过一些著名科学家，像自然哲学家威廉·惠威尔（1794—1866）、物理学家法拉第（1791—1867）、数学家巴贝奇（1792—1871）、地质学家赖尔（1797—1875），等等。

从此，萨默维尔再也不需要遮遮掩掩。在自家花园里，她做了一系列实验，并将发现写成论文。丈夫参加皇家学会的会议时，还喜不自禁地向会员们宣读妻子的论文。这让人们认识到，萨默维尔可以娴熟地写作科学论文。

机会很快来临。萨默维尔收到了朋友——"有用知识传播学会"的亨利勋爵的信。勋爵询问她是否愿意将法国数学家、物理学家拉普拉斯（1749—1827）的法文著作《天体力学》翻译成英文，但所有的工作必须以她丈夫的名义进行，以免在社会上引起非议。

萨默维尔接受了这一挑战，并要求翻译工作秘密进行，因为她害怕译本不能被读者接受。

事实证明，大家的担心完全是多余的。萨默维尔用 3 年时间完成的工作，质量远超出勋爵的预期。即便是拉普拉斯本人也赞不绝口，认为她深入浅出地解释了他那些精确而深奥的理论。这里的背景是，据说全英国只有 6 个人能理解拉普拉斯的学说，她是其中一个。1831年出版的这本萨默维尔翻译的书，不仅很快销售一空，而且还成为剑桥大学的标准教科书。连英国皇家学会也被她的工作震惊，他们请来一位雕刻家，为萨默维尔雕刻了半身像，放在皇家学会的荣誉室里。又过了 3 年，她完成了《物理学的关联》一书，这被后人看作"比翻译《天体力学》更大的成功"。

1835 年，萨默维尔与出生在德国，后来移居英国的天文学家卡罗琳·柳克丽霞·赫谢尔（1750—1848）一同被选为英国皇家天文学会的第一批女性会员。

卡罗琳·柳克丽霞·赫谢尔

从 1833 年起，萨默维尔夫妇大部分时间待在意大利从事科学研究，但依然与大量顶尖科学家通信，进行事实和理论的争论。虽然在伦敦的知识分子中，她已是知名人物，享有崇高的荣誉，但是这也没有改变人们对妇女的歧视。例如，在意大利罗马学院访问时，主人也没给她面子。这个学院的天文台的天文望远镜，处于欧洲顶尖水平。当萨默维尔请求用望远镜观测哈雷彗星时，就遭到拒绝。天文台的负责人说，这里只训练男性观测员，所有仪器禁止女性使用！

不过，这一连使用望远镜都要"男女有别"的歧视，或许正好成功地激发了萨默维尔支持女权和妇女教育的热情。当道德和政治理论家、19 世纪最有影响力的英国哲学家约翰·斯图亚特·密尔（1806—1873）向议会提交请愿书，争取妇女的选举权时，萨默维尔第一个签名支持。

不过，萨默维尔还是把更多的精力放在了科学上。她写的《物理学的关联》一书，总共发行过 10 版，进入了法国、意大利、德国和美国的图书市场。在 1859 年达尔文的《物种起源》问世之前，这本书一直是英国最畅销的科学图书。这一成功，使她成为风云人物。

萨默维尔 88 岁的 1868 年，她完成了人生的最后两部著作，其中一部是《分子和显微科学》。这本科普书中的 14 幅插图的制作者，是后来因为提出进化论而名扬四海的达尔文。这一年，萨默维尔通过赖尔的夫人（赖尔是达尔文的老师）转告达尔文，希望能在《分子和显微科学》中使用达尔文于 1862 年出版的一本书（书名很长，通常简称《兰花的授粉》或《兰花》）里的插图。达尔文说，他本人很高兴让她使用，但是要萨默维尔取得《兰花》的出版商的许可。最终，《分子和显微科学》用了《兰花》的 14 幅插图，萨默维尔在书中对

意大利那不勒斯英国公墓中的
萨默维尔之墓，墓后是她的塑像

达尔文表示了感谢。至此，萨默维尔的研究领域，也由从前的天文、物理和地理，拓展到显微结构。

不到 4 年后的 1872 年 11 月 29 日，出生于 1780 年 12 月 26 日的苏格兰－意大利数学家、物理学家、天文学家、科学作家、博学家萨默维尔在意大利悄然辞世，她被安葬在那不勒斯的英国公墓中。

大半个世纪以后，从小痴迷数学、一生热爱科学的"数学美女"萨默维尔，变成了"数学仙女"——美国数学家、数学史家伊夫斯（1911—2004）在他的巨著《数学史概论》（1953 年首次在纽约出版）中，把她列为数学史上的"数学星空七仙女"之一。

"拜倒"在萨默维尔"石榴裙下"的，不但有伊夫斯，还有英国人和国际天文联合会。

当年，萨默维尔辞世的消息传出的时候，还有着歧视妇女氛围的伦敦报纸，也毫不吝惜地把"19 世纪的科学女王"的桂冠，戴在了这个享年 91 足岁、当年偷偷点蜡烛挑灯夜战，痴迷《几何原本》的"数学美女"头上。后来，还制作了她的纪念章……

而今，这位"仙女"既在"天上"，也在"人间"。在"天上"，有国际天文联合会用她的名字分别命名的小行星与月球上的陨石坑（用女人的名字命名月球陨石坑，为数不多）。在"人间"，通过一轮公众投票之后，苏格兰皇家银行于 2016 年发行了一张以萨默维尔为主题的面额

《萨默维尔》，现存于苏格兰国家美术馆的油画

为 10 英镑的塑料钞
票……

正是："春风十
里扬州路，卷上珠帘
总不如。"

"珠帘"外的萨
默维尔之所以让"珠
帘"内的"美人""总
不如"，不是她的显赫

为萨默维尔制作的纪
念章

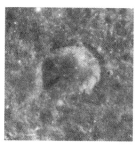

月球东部的萨默维尔
陨石坑

身世和高颜值，而是她痴迷科学与由此取得的不让须眉的成就……

有谁能想到，这些成就，源自曾徘徊在苏格兰海边小镇（2011
年全镇只有 6 269 人）本泰兰（Burntisland）的那个孤独的小女孩。
她在那里捡贝壳和花朵，或者在窗前呆呆地看着星空，度过一个又一
个晴朗寒冷的夜晚……

从"不可微不吃饭"到半夜电话

——伯格曼迷恋数学

斯特凡·伯格曼（1895—1977）是一位出生在波兰的美国数学家。他在复变函数和微分方程等方面很有研究，曾在柏林、托木斯克、梯弗里斯等地工作过。离开欧洲之后，先后在美国布朗大学、哈佛大学等任职。1953 年，他在斯坦福大学任教授。伯格曼不大讲课，生活支出主要靠各种课题费维持。

伯格曼

1950 年在美国坎布里奇召开的第 11 届国际数学家大会期间，意大利数学家西切拉（Sichera）偶然提起伯格曼的一篇论文可能要加上"可微性假设"，但伯格曼却非常有把握地说："不，没必要，你没看懂我的论文。"说着，就拉着对方在黑板上比画起来，而同事们只好耐心地等着。过了一会儿，西切拉觉得还是需要可微性假设，伯格曼反而更加坚定起来，一定要认真解释一番。

此时，同事们插话了："好了，别去想它，我们要进午餐了。"伯格曼却大声嚷了起来："不可微——不吃饭。"最后，西切拉只好留下来听他一步步论证完，才去进餐。

伯格曼时时刻刻都在痴痴地考虑数学问题。有一次深夜两点钟，他拨通了一个学生家里的电话："你在图书馆吗？我想请你帮我查点东西！"

还有一次，伯格曼去美国西海岸参加一个学术会议，他的一个研究生正好要到那里旅行结婚，他们恰好乘同一辆长途汽车。这位学生知道他的"毛病"，于是约法三章——在汽车上一律不谈数学问题，伯格曼满口答应。伯格曼坐在最后一排，这对要去度蜜月的年轻夫妇恰巧坐在他前一排靠窗的位置。

汽车开动 10 分钟之后，伯格曼脑子里突然有了灵感，就不自觉地忘了有约在先，凑上前去，斜靠着学生的座位，开始讨论起数学。又过了一会儿，年轻夫妇中的那位新娘不得不"退避三舍"——挪到后排坐，而伯格曼则"穷追不舍"——走过去紧挨着他的学生坐下来。一路上，他们兴高采烈地谈论着数学。"耳边风声浑不断，轻车已过万重山"，不知不觉就到了目的地。

幸好，这对夫妇婚姻美满，生了一个儿子，这个儿子后来还成了著名的数学家。

遵照丈夫的遗愿，伯格曼的妻子设立了斯特凡·伯格曼数学奖（Stefan Bergman Prize）。该奖项由美国数学学会（American Mathematical Society）的一个评委会评发，一年或两年一次，奖励在函数论、偏微分方程等领域有贡献的数学家，2005 年该奖的奖金大约为 17 000 美元。1989 年开始颁奖，首届得主是美国数学家戴维·威廉·卡特林（1952— ），2017 年第 23 届得主是瑞典数学家博·贝恩茨森（1950— ）与法国数学家奈西姆·希伯尼（1947— ）。

信上只有"2 + 1 = 3"
——狄利克雷得子之后

你听说过这样的信吗——女婿写给泰山大人的一封信，它的上面只有一个简单的等式：2 + 1 = 3。

狄利克雷是一位德国数学家，1805年2月13日生于迪伦的一个法兰西血统的家庭。他能说流利的德语和法语，后来成为这两个民族之间的数学、数学家之间的极好的桥梁和纽带。1822—1827年，他旅居巴黎，与法

狄利克雷

国大数学家傅里叶（1768—1830）非常亲近。狄利克雷曾在布雷斯劳大学、柏林大学任教。1855年，作为高斯的继承者受聘到德国哥廷根大学任教授。

狄利克雷在数学上的贡献涉及数学的各个方面，其中以数论、分析学和位势论方面的成就尤为卓著。

狄利克雷对自己的老师高斯非常钦佩，身边总是带着高斯的名著《算术研究》，即使外出旅行也不例外。1849年7月16日，哥廷根大学举办了高斯因《算术研究》获得博士学位50周年的庆典。庆典上，一心痴想数学问题的高斯，竟用自己的手稿点燃烟斗。好在狄利克雷眼疾手快，一把夺过手稿，才使这份珍贵的数学文献幸免于难。狄利克雷一直把它视为至宝而终身珍藏着。狄利克雷于1859年5月5日在哥廷根逝世后，人们从他的论文稿中找到了高斯的

这份手稿。

　　狄利克雷的第一个孩子出生了，他"三个字不离本行"——向岳父写的报喜信中只有一个等式：$2 + 1 = 3$。

　　狄利克雷一生只热心于数学事业，对于个人和家庭总是漫不经心的。他对孩子也只有数学般的刻板，他的儿子常说："啊，我的爸爸吗？除了数学，他什么也不懂。"他的一个调皮的侄子说得更有趣："我六七岁的时候，从我叔叔的'数学健身房'里所受到的一些指教，是我一生中最可怕的一些回忆。"

数学重于遗嘱

——波莱尔弥留时的演算

一个数学家病倒了，在弥留之际，他的亲属、朋友静静地守候在一旁。很长的一段时间里，他没有发出一丝声响。

波莱尔

"看样子，他的呼吸已经停止了。"有人小声地嘀咕着。

周围的人听了这句话，立即呼啦一下围了上去，人们大声呼喊着他的名字，呼唤着："你醒醒，你醒醒……"他的妻子轻轻地摇动他："亲爱的，你还一句没提遗嘱的事呢，怎么就……"

但是，他仍旧一动不动，静静地躺着。

"让开，让我来试试。"数学家的一位好友走上前，轻轻地凑在他的耳边问道："12的平方是多少？"

"144……"数学家立即发出了极其微弱的声音……

这位数学家是谁呢？他就是大名鼎鼎的波莱尔（1871—1956）。

1871年1月7日，波莱尔出生于法国圣阿非利克。他在30岁的时候才结婚——妻子是法国著名数学家阿佩尔（1855—1930）17岁的长女玛格丽特。1893—1941年，他曾先后在里尔大学、巴黎高等师范学校、巴黎大学文理学院任教授。其间的1927年至1941年，任庞加莱研究所所长。1929年，他成为苏联科学院外国通讯院士。1956年2月3日，波莱尔在巴黎逝世。

波莱尔一生致力于数学研究，有时为了演算一个数据，常常伏案几个小时，忘了吃饭和休息。他声称是数学维系着他的生命……

波莱尔对数学的贡献，在函数论和点集论方面最为突出。他的这些成果，有的有奠基性的意义，并对现代数学的许多分支产生了深刻的影响。他出版的论著就有 300 多篇（部）。

波莱尔还是一位爱国者。在第一次世界大战中，他的义子血染沙场，他多次要求直接上前线，最终被任命为一个重炮连的指挥官。在第二次世界大战法国被占领前，他还以 68 岁的高龄，担任了一个为国防服务的研究组织的负责人。

他为什么掉进土坑

——泰勒斯观天不看地

古希腊时代，人们崇尚科学，淡泊名利，产生了无与伦比的文明和至今仍使人振聋发聩的科学巨人：欧几里得、阿基米德、柏拉图、苏格拉底、亚里士多德、毕达哥拉斯……

欧几里得

然而，据说科学史上第一位留名的科学家和数学家却是泰勒斯（约公元前624—约前547）。他是人类第一个进行科学思维的代表人物，因此被称为"科学之祖"。他还是人类第一个把几何从"实验室"搬到"书斋"——发明数学演绎法的数学家，因此又被称为"数学之父"。此外，他在政治、哲学、法律、工程、天文学等许多领域都有重要建树，被称为"希腊七贤"之一。

希腊七贤是古希腊七位名人的统称，有多种说法。其中的一种指：政治家、立法者、诗人梭伦（公元前638—前559），泰勒斯，监察官奇伦（公元前6世纪），律师、雄辩家、哲学家毕阿斯（公元前6世纪），政治家、军事家庇塔库斯（公元前650—前570），政治家、哲学家佩里安德（公元前665—前585），哲学家、诗人克莱俄布卢（公元前6世纪）。

泰勒斯是一位有着希腊血统的混血儿，

阿基米德

柏拉图

苏格拉底

毕达哥拉斯

出生于米利都的奴隶主贵族之家。早年曾漂洋过海，到埃及游历。后来他又涉足巴比伦，饱学了东方璀璨的文化，自称为"东方的学生"。

泰勒斯曾经利用天文学知识，预言过一次日全食的发生。当时，美地亚与吕地亚两国已连续5年交战，尸横遍野，怨声载道。泰勒斯预测到要发生日食，就声称太阳神反对战争，某日某时将用日食来警告。果然，那一天两军正在酣战时，突然太阳失辉，明星闪烁，百鸟归巢，万物肃静——白昼变成黑夜。看见这一惊世骇俗的天地奇观，双方将士大为惊恐，立即宣布停战议和。

泰勒斯曾经还利用数学知识间接地准确测量了金字塔的高度。

泰勒斯还是一个经营有方的商人。据亚里士多德讲，他因通晓星相知识而预见到下一年是一个橄榄丰收年，就事先以较低价格租赁了所有的榨油设备，然后按自己的价格租出去，从而获得厚利。

以上3个实例，经常被人们作为"知识就是力量"的范例。

当然，是"血汗浇来春意浓"。泰勒斯对科学的入迷，有时甚至达到了可笑的地步。

有一次，他去赴女友的约会，走到约会地点，女友还没有到，他就随意把眼睛瞅向天空。他发现有一颗星星在做肉眼几乎发现不到的运动，就聚精会神地观察起来。这时女友到了，看到他那副认真的样子，就没有打扰他，在他的身边坐了下来。

泰勒斯

泰勒斯没有发现女友已经翩翩而至，还在思索着，并自言自语地说："假如这两颗（星星）亲吻在一起又会是什么样子呢？"

　　女友听到此话，认为他在挑逗她，就情不自禁地凑到泰勒斯的脸旁。泰勒斯还在遐想着："那一定是热情迸发，一发而不可止，但命运肯定是悲惨的。"

　　女友实在是忍耐不住了，就说："请问这位先生，你今天是来观测天象的吗？"

泰勒斯观天不看地

　　"哦，不！"泰勒斯这才觉察到身边有人，就说道："今天我是来赴女友的约会的！"

　　"那你为什么不和她见面呢？"女友有意地问他一句。

　　"对，我这就去找她！"

　　泰勒斯起身走去，眼睛还是未离开那浩瀚的天空。走着走着，突然掉进了一个大坑里。他的女友急忙把他拉起，嗔怪他说："你怎么这么不小心，这么大的坑都看不见？"

　　泰勒斯说："我只注意头顶上的星空，忘了脚下会有深坑了。"

　　女友把他拽上来后，泰勒斯才发现是"她"来了，忙说："我如果不去找你，你一定不会出现，如同新星一样，如果不认真观察，它是不会自动出现在你的眼前的。"

　　女友说："我可是老早已经到这里了！"

　　泰勒斯对科学的痴迷，这里是管中窥豹——可见一斑。

来世能解开水流之谜吗

——亚里士多德这样辞世

我们很多人初识亚里士多德，可能是在初中物理学教材上：他的"重物比轻物落得快"的论断，被伽利略证谬。

然而，这丝毫无损于这位伟大的古希腊人的光辉。亚里士多德是"古代世界最伟大的科学家和哲学家""犯下的愚蠢错误寥若晨星"，美国科学书作家迈克尔·H.哈特（1932—　）在《历史上最有影响的100人》（*The 100: A Ranking of the Most Influential Persons in History*）中，把他排在第14的高位时这样写道。哈特还认为，"他的科学著作构成了他所在时代的一部科学知识百科全书""做每一个学科的带头人""将来不可能再出现这样的人物"。

公元前384年，亚里士多德生于马其顿的斯塔基拉。他17岁去雅典柏拉图学园学习20多年后，在公元前342年才返回马其顿，给国王13岁的儿子——史称亚历山大大帝——当了几年私人教师。公元前335年亚历山大继承王位后，亚里士多德回到雅典，创办了自己的莱西门学园。亚历山大大帝虽然没有再向他请教，但却慷慨地为他提供资金资助。

公元前323年，亚里士多德的保护人亚历山大大帝死后，反马其顿的派别在雅典占据了统治地位。于是，亚里士多德被指控犯有"渎神罪"且有蔑视宗教的言行。有幸亚里士多德

亚里士多德

想起了 76 年前苏格拉底被处死的命运，便在被最高法院判处死刑之前逃离了雅典。在最后获得这一判决消息时，他已隐居在埃维厄岛上。让人痛心的是，几个月后的公元前 322 年，他从这座孤岛上跳入厄里帕海峡自杀身亡。

亚里士多德为什么会自杀呢？

这个把埃维亚岛同希腊大陆分隔开来的海峡，以水流每天多次改变方向的奇观而闻名。据一些学者推断，亚里士多德是因为找不到对这一水流奇异现象的解释才投水自杀的，他当时说道："愿厄里帕的水吞没我吧，因为我无法理解它。"

如果此说属实，那我们就可以说，亚里士多德希望来世尽快到来，能早日揭开厄里帕海峡水流每天多次变向之谜——他为今生今世不能揭开这个谜而感到生不如死！由此可以看出，亚里士多德痴迷于科学，已经到了胜过生命的地步！

还有一个事实也说明亚里士多德酷爱科学。他曾是大思想家、哲学家柏拉图的学生，但后来师生二人在观点和理论上产生了巨大的分歧，他就主动提出与恩师决裂。别人问他为什么这样做的时候，他回答说："我爱我师，但更爱真理。"

"第一个数学老师"

——索菲娅修"数学墙"

你知道历史上第一个女数学博士是谁吗?

她就是俄国女数学家、物理学家、天文学家索菲娅·柯瓦列夫斯卡娅（1850—1891，以下称索菲娅）。

柯瓦列夫斯卡娅

索菲娅生于莫斯科，她的父亲华西里·华西里耶维奇·柯文·克鲁柯夫斯基，是俄国的陆军中将。他给索菲娅和她的姐姐安娜请来一位叫玛格丽特·史密斯的英国小姐做家庭教师，让她们受到良好的家教。1856（一说1858）年，父亲从军队退伍，全家迁居立陶宛边界、位于今大卢基市东南17千米的巴里宾诺庄园。在颇有数学修养的伯父和另一位家庭教师约瑟夫·马莱维奇的调教下，索菲娅从小就对数学产生了浓厚的兴趣，也学得了不少文学和史地等知识。

12岁的索菲娅已经显露出她的数学才华。当她看到《物理学基础》中"光学"一章时，遇到了没学过的三角函数。约瑟夫老师出于要她循序渐进的思考也推说"不懂"，她只好独自思索、研究，终于弄懂了。这本教科书的作者尼古拉·基尔托夫是她父亲的朋友，当他来她家偶然发现12岁的索菲娅竟对这本书读得津津有味，并能独立推导出书中某些三角函数公式时，十分惊讶，连连称赞索菲娅是"新帕斯卡"。

然而，"在科学上是没有平坦大道可走的"，对从小聪颖过人的索菲娅也是如此。对那些难懂难记的公式怎么办呢？童年的索菲娅灵机一动——就让它们和自己"低头不见抬头见"吧！于是，她在家里的墙壁上贴满了各种写有数学公式的纸条，以便于她默诵记忆，并自豪地把它称为"数学墙"。成人后，她将这堵墙称为"第一个不讲话的数学老师"，还说"一切都是它教的"。

1867年，17岁的索菲娅随安娜和父母一起到彼得堡过冬，父亲请来了著名的教育家、海军学校的数学教师亚历山大·斯特朗诺留勃斯基当索菲娅的私人教师，教她解析几何和微积分。巴里宾诺庄园"数学墙"上的"老朋友"使她"心有灵犀一点通"，很快就学完了高等数学课程。

1869年春，索菲娅出国深造，并于当年进入德国海德堡大学学习，学业未完就在1870年8月去柏林，最终得到德国数学家、柏林大学数学教授魏尔斯特拉斯每周日单独为她讲课的机会。1873年，魏尔斯特拉斯任柏林大学校长，在他的举荐下，索菲娅以三篇重要的数学论文获得了德国数学中心——哥廷根大学于1874年7月破例授给她的"最高荣誉哲学博士"称号。于是索菲娅成了历史上第一个女数学博士。

1888年，索菲娅在瑞典工作时，以论文《关于刚体在重力作用下绕定点转动》解决了困惑数学界100多年的难题，荣获法国科学院的波尔迪奖金。她的论文是如此出色，以至于科学院将悬赏金从原来的3 000法郎增加为5 000法郎。她应悬赏者要求写的格言是，"说自己知道的话，干自己应干的事，做自己想做的人"。这一格言流传至今，脍炙人口。看来，她在童年"修"的"数学墙"，就是她"应干的事"之一吧！

"无穷小"

——拉普拉斯为何丢官

"我们知道的，是很少的；我们不知道的，是无限的。"你知道这是谁说的吗？

拉普拉斯

这是拉普拉斯在 1827 年 3 月 5 日临终时的遗言。他是法国的数学家、天文学家和物理学家，1749 年 3 月 23 日生于法国诺曼底奥热地区的波蒙一个贫困的小农之家。拉普拉斯小时候就对数学产生了兴趣，后得邻人资助进入波蒙军校，年纪不大就做了该校的数学教师。他 16 岁进入卡昂大学，攻读数学。

拉普拉斯在 18 岁的时候，携知名人士的推荐信只身前往巴黎，拜见当时负有盛名的学者达朗贝尔（1717—1783）。可惜达朗贝尔对这类推荐信一律不感兴趣，将他拒之门外。

拉普拉斯并没有灰心，他回到住所，提笔就力学的一般原理给达朗贝尔写了一封十分漂亮的信。这封信引起了达朗贝尔的重视，他立即热情洋溢地回信说："你用不着别人介绍，你自己就是很好的推荐信……"此后，拉普拉斯经达朗贝尔推荐做了巴黎军事学校的数学教授，从此开始了自己一生的事业。

1773 年，由于拉普拉斯在研究十分复杂困难的天文学 "n 体问题" 的突出贡献，这位 24 岁的青年获得了巴黎科学院副院士头衔。

1785 年，36 岁的拉普拉斯成为正式院士，同时又担任军事考试委员。拉普拉斯主持了一次从 16 个考生中评选出 1 个人的考试，被选中的人就是后来大名鼎鼎的拿破仑（1769—1821）。

在那尔虞我诈的政治斗争中，拉普拉斯善于随机应变，先后在政府的几个委员会里工作，而每次政府更替以后，他都能获得更高的职位。在法国革命动荡不定的日子里，无论哪个党偶然得势，他都去逢迎。1799年拿破仑雾月政变上台以后，封他为帝国伯爵，授予他荣誉军团大十字勋章和骑士团勋章，甚至还让他担任内务大臣。

但是，由于拉普拉斯把"无穷小精神"带到工作中去，是位不称职的大臣。仅仅过了6个月，拿破仑就把他的内务大臣撤了，可见他痴迷数学到了"乌纱帽"都不要的地步。

可是，当法国国王路易十八（1755—1824，1814—1824在位）复辟后，拉普拉斯却抛弃了昔日提拔他的"恩人"，在流放拿破仑的判决书上签了字，使拿破仑被流放到圣赫勒拿岛——位于南大西洋上当时英国的一个领地。

拿破仑在流放期间说过："拉普拉斯是第一流的数学家，但事实很快表明他不过是一位平庸的执政官……他从不认真对待任何事情，而是到处寻找可乘之机。他没有可以信赖的思想，并终于把无穷小精神带进了政府之中。"由此也可以看出，在拉普拉斯的心目中，"无穷小"比"当官"的分量重。

路易十八

拉普拉斯随意改变着自己的政治操守，成为一个趋炎附势的人，这是不可取的；但因为"无穷小"而丢官，却给他的数学研究带来好处——不受法国政治风云变幻的干扰，晚年得以在巴黎附近他的庄园里过着舒适的退休生活。这应了一句老话："荣枯有分，得失难量。"

他让客人等了3小时

——庞加莱如此踱步

1871年，一位17岁的考生要考法国高等工业学校。入学考试的时候，主考人得知他是一位"数学奇才"，就故意将考试推迟三刻钟，想用一道经过精心推敲的难题难倒他，但是，他却回答得极为出色，得了最高分。尽管他的数学成绩名列前茅，但绘画却得了零分。虽然按规定得零分要被淘汰，但是学校还是破格录取了他。

庞加莱

1875年，21岁的他从高等工业学校毕业，升入矿业学院。学习期间由于向科学院提交了探讨微分方程通解的论文，1879年8月1日获得数学博士学位。不久就出任卡昂大学数学分析教师。两年后升迁巴黎大学，1886年升为该校数学物理教授。他在33岁时当选为巴黎科学院院士，后来成为著名的数学家、物理学家、天文学家、哲学家。

他是谁，让主考人这么"特别关照"，而学校又偏要为他"开后门"？

这位得到"特别关照"和"开后门"欢迎的不是别人，就是19世纪和20世纪之交的国际数学界领袖人物庞加莱（1854—1912）。

庞加莱出身于法国显赫家族。父亲是医学教授，叔父为高级官员。他的一个堂兄弟曾任法国总理、总统，另一个堂兄弟曾任中等教育局局长。

然而，庞加莱的童年是不幸的。由于运动神经系统的毛病和白喉后遗症，他虽然才思敏捷，但行动笨拙，于是读书成了他的主要乐趣。他的阅读速度惊人且过目不忘，记忆力极强。他的视力很差，看不清黑板，全凭听教师讲课。这大大锻炼了他的听觉和记忆力，可以凭心算进行复杂的数学运算，能够迅速写出一篇论文而无需大的修改。

庞加莱在15岁前后迷上了数学，当他聚精会神思考问题的时候，就会不停地来回踱步，只有完全想好才记在纸上。当他思考时，对外界的各种干扰都无动于衷，这种习惯保持终生。

有一次，庞加莱又在聚精会神地思考问题，也在房间内不停地来回踱步。忽然，他的女仆说："先生，有一位芬兰数学家慕名来访。"可是，他无动于衷，似乎是"周仓摆手——关公不见"，仍然来回踱步长达3小时之久，弄得这位芬兰数学家哭笑不得。

是庞加莱根本没听见女仆的通报，还是怕会见要打断他的思路？我们不得而知。然而，这无关紧要，因为不管哪种情况，都证明他"目空一切""耳空一切"——数学除外。

"阳光总在风雨后。"因为庞加莱痴迷数学，所以在非欧几何、古典三大数学难题（指用尺规作图法完成"化圆为方""倍立方体""三等分任意角"）、数学史等方面都有重大贡献，美国数学家、数学史家莫里斯·克莱因（1908—1992）说："他是巴黎大学的数学教授，被认为是19世纪末期和20世纪初期的数学领袖，并且是对于数学和它的应用有全面知识的最后一个人。"

诞生在狱中的著作
——彭色列再创射影几何

举例来说，两条铁轨本来是平行的，但我们却看到它在"很远"的地方相交于一点，这就是"透视"的作用。研究这些问题的学科是射影几何——数学的一个分支学科。它主要研究图形在射影变换下不变的性质，曾被称为投影几何。它在航空、摄影、测量、绘图、绘画等方面都有广泛的应用。

透视：平行的铁轨在远方交会

在古希腊数学家阿波罗尼奥斯的《圆锥曲线论》和帕普斯（约3世纪）的《数学汇编》等著作中，都可以看到属于射影几何的一些零星原理。在欧洲文艺复兴时期，透视学的发展给射影几何的形成准备了必要条件。意大利数学家阿尔贝蒂（1404—1472）于1435年发表《论绘画》一书，阐述了最早的数学透视法思想。他的同胞——画家兼科学家达·芬奇在《绘画专论》中坚信，数学的透视法可以将实物精确地体现在一幅画中。意大利另一位画家、数学家弗兰切斯卡约1478年所著的《透视画法论》，发展了阿尔贝蒂的投影思想。

历史推进到了17世纪。数学家们在重新研究古希腊的圆锥曲线和文艺复兴的透视法原理之后，开始了系统的整理工作。其中有突出贡献的是法国数学家笛沙格（1591—1661）——射影几何的早期奠基者之一。1636年，他出版了一本名为《论透视截线》的小册子，这

笛沙格

本又译为《用透视表示对象的一般方法》的小册子，可看作是射影几何的第一本专著。

提起这本小册子，还有一段趣事。它出版以后，受到不少人的抨击。笛沙格在愤怒之下竟然宣布：谁能在他的方法中找到一点错误，他愿付 100 个比塞塔（西班牙钱币）；谁能提出更好的方法，他愿付 1 000 法国法郎。最终谁也没有得到这些奖赏。

1639 年，笛沙格又出版了《试论锥面截一平面所得的结果的初稿》，对射影几何做了进一步的研究。然而当时只有法国数学家梅森、笛卡儿、费马、帕斯卡等少数几位同胞极力推崇他的成果。在这种曲高和寡的背景下，这个学科没有得到更进一步的发展和广泛的应用。笛沙格也因此灰心丧气，退休回了老家。接着，随着解析几何和微积分的创立和盛行，射影几何就被尘封在历史之中，对它的探讨中断了 100 多年。

然而，有用的科学迟早会像金子那样闪光。19 世纪初，射影几何开始复兴。有趣的是，这次复兴却多少与一场战争悲剧有关。

1812 年 6 月 24 日，野心勃勃、妄图称霸世界的拿破仑在横扫大半个欧洲以后，率 61 万大军渡过涅曼河入侵俄国，矛头直指莫斯科。9 月初，法军已从波克隆山顶上望见了绿色的莫斯科城及城内金光闪闪的钟楼——攻克俄国首都指日可待。拿破仑命令部队穿上阅兵盛装，等待兵临城下的俄国人开城投降；但是，他却只看见莫斯科城的一片大火，人影全无，失望地得到了一座空城。

原来，俄国沙皇亚历山大一世（1777—1825），新任命了德高望重、有丰富指挥经验的沙场老将库图佐夫（1745—1813）为总司令。库图佐夫果断地决定暂时放弃莫斯科——忍痛烧城，藏起粮食，坚壁清野，打游击战，伺机反攻。10 月初，寒冬将至，困守空城的法国军队饥寒交迫，一筹莫展，最后只好撤出莫斯科。

彭色列

在向西退出斯摩棱斯克时，法国军队被迫回到两侧的俄军的主力部队拦住了退路。俄军首先击溃了法军前卫部队缪拉特军团，接着俄军的骑兵又粉碎了法军的达武军团，围歼了纳伊军团。法国剩下的军队在横渡别列津那河时，几乎全部覆没——只有拿破仑和少数法军幸免，狼狈逃回巴黎。

纳伊将军率领的法军遭到围歼后，千万具尸体和一些受伤的战士被丢弃在克拉斯内冰天雪地的战场上，其中就有在1812年11月18日倒在战场上的彭色列。

1788年，彭色列出生在梅斯，1807—1810年，他在巴黎多科工艺学校学习，成为法国数学家蒙日（1746—1818）的学生。蒙日是与射影几何有关的画法几何的创立者——他的《画法几何学》一书，作为军事秘密长达15年之久，直到1799年才公开出版。1812年，彭色列在拿破仑的军中服役，任工兵营中尉。

然而，倒在尸体堆中的彭色列并没有死。他穿的一套军官服救了他一命。一支俄国搜索小分队路过的时候，这具身穿军官服的"死尸"引起了他们的注意。俄国士兵翻动"死尸"之后，发现他一息

蒙日

尚存，就把他从地上抓了起来，带回军营审讯。这样，命不该绝的彭色列就侥幸从死尸堆中活命。

彭色列当了俄军俘虏以后，被押送回俄国后方，开始了一次4个多月的漫长徒步行军，最终于1813年3月到达伏尔加河岸的沙拉托夫监狱。

开始，狱中的彭色列精疲力竭，奄奄一

息，但 4 月灿烂的阳光使他伤愈后的身体恢复了青春的活力，使他仿佛从一场噩梦中惊醒过来。这时他开始回忆与思考，最值得他回忆的是在大学时的学生生活，他对蒙日老师的画法几何与卡诺老师的位置几何记忆犹新。阴森冷酷的铁窗和单调乏味的生活，日子是难以打发的。他觉得自己不应该虚度这些光阴，必须找到一种有价值的精神寄托，最终决心在研究前人各种几何的基础上，创造出一种新的几何来。

书，当然没法找到，连纸和笔这些起码的工具也没有。于是，在开始的时候，彭色列用默诵的办法复习过去所学过的全部数学知识——像在学校里准备考试一样。接着，他和一些难友们感到似乎已经回到巴黎那温暖的学生时代，于是互相鼓励，信心倍增。没有纸和笔，他们就从烤火盒里偷偷藏起一些木炭条，在牢房的墙上画几何图形，进行思考和研究。后来，终于设法弄来一些纸，这样就可以把研究成果记录下来。功夫不负有心人，在彭色列的潜心研究下，射影几何再次诞生在 19 世纪俄国的监狱之中。

1814 年 6 月，彭色列被释放。同年 9 月，他辗转回到法国，随身携带的是 7 本重要性不亚于他的生命、在狱中记录的缭乱的研究成果。

为了纪念这段终生难忘的经历，彭色列把这些成果称为"沙拉托夫备忘录"——简称"狱中笔记"。经过几年努力，他终于把它们整理、归纳成《论图形的射影性质》这一巨著，于 1822 年在巴黎出版。这本内容丰富的书是第一本完全致力于射影几何的专著，包含了许多新概念、新方法、新成果，标志着近代射影几何的开始。从此迎来了这门学科历史上的"黄金时代"。

1825—1835 年，彭色列在梅斯工艺学校任教授。1835 年，他来到巴黎，在高等学校任教。1834 年彭色列成为巴黎科学院院士之后，1851 年又成为彼得堡科学院通讯院士。1867 年 12 月 22 日，他在巴黎辞世。

战争是残酷的。拿破仑发动的侵俄战争，不但成为他失败的起点，更是给交战各国带来了巨大的灾难。彭色列虽然没有战死沙场——这是侥幸，但却让他受尽牢狱之苦，差点葬送了一代英才，是战争酿成了这一悲剧。

幸运的是，彭色列在死里逃生后，虽然身陷囹圄，却壮心不已，最后终于创立令后人称道的射影几何，自己也成为名垂青史的大数学家。这是伟人们不同凡响举动的共同之处——处变不惊，在任何险风恶浪中镇定自若，认定目标百折不回。革命家列宁在沙皇的监狱中依然从事写作，一些革命文献就出自这里。德国大发明家西门子（1816—1892）因介入另外两个军官的决斗而被捕入狱，但他在狱中却"痴心"不改，改进了电镀工艺，并于1842年获得专利。这类执着的精神，很值得我们学习。

数学研究"治"百病

——帕斯卡的牙齿不再痛

你相信一条曲线会成为治疗牙痛的"秘方"吗？是的，在数学史上就有这样奇特的事。

帕斯卡

1658年，法国数学家、物理学家帕斯卡（1623—1662）带着胃痛、失眠和牙痛又开始了他的数学研究。他的研究课题是摆线。由于在此之前，他有过心中想起一些几何问题时牙就立刻不痛了的经验，所以他就拼命地干了8个不眠之夜，最终用几何方法求出了摆线的面积和相应旋转体的体积。这8天他的牙齿不再痛了，摆线成了他治牙痛的"秘方"。他的研究成果被写成论文《论摆线》发表。

摆线又名旋轮线，它是一个圆沿着一条直线或曲线做无滑动的滚动时，该圆固定的一点（这一点可以在圆上，也可以在圆内或圆外）的轨迹（是一条曲线）；摆线有"普通摆线"（固定的一点在圆上，该圆沿直线滚动）等多种。

真是无独有偶，数学书也可以成为治病的"秘方"。捷克数学家波尔查诺（1781—1848）就讲过一个关于他本人的有趣小故事——欧几里得的《几何原本》起了医生的作用。那时他正在布拉格度假，不幸的是他正在生病，浑身发冷，疼痛难忍。为了分散注意力，他拿起了《几何原本》。第一次阅读到第五卷中关于欧多克斯（约公元

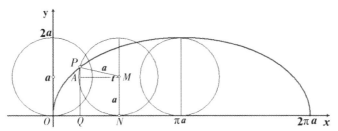

普通摆线（图中粗线）：固定的一点 P 在圆上，圆沿直线滚动

前 408—前 355）比例论中的精彩理论时，他感到无比兴奋，以致从病痛中完全解脱出来。后来，当他的任何朋友生病时，他总是把阅读《几何原本》作为治病妙方推荐给他们。

研究或阅读为什么可以治病呢？帕斯卡认为是"神意"。这也难怪，早在 1654 年他就承认，时时有一种强有力的暗示：他重新从事数学活动和科学活动得罪了"上帝"。于是"神"的启示终于出现了，一次失去控制的马驮着他越过大桥的高墙冲向死亡之时，只因最后一秒钟缰绳折断，他才奇迹般地活了下来。这一偶然事件加强了他精神上的信念，他把这件事记在一张小羊皮纸上。从此他又坚定地回到他的宗教沉思中去了，直到前述 1658 年为止。

虽然帕斯卡用"神"来解释"治病"的原因是错误的，但我们却可以对研究或阅读也能治病或减轻疼痛给予科学的解释。

人的痛觉（和其他任何感觉）的神经机制是，痛觉（或其他感觉）器官中的痛觉（或其他感觉）细胞（感受器）接受一定刺激后，就产生一定的神经波动，这种波动由传入神经传到大脑皮层下的相应中枢，来自感受器的神经冲动在这里进行分析、综合活动产生"兴奋"，从而引起痛觉（或其他感觉）。当人在病痛的同时痴迷于其他问题，另一部分中枢则产生了"兴奋"，从而使前述中枢的"兴奋"受到抑制，其结果就是疼痛减轻或消失了。在日常生活中，有时我们有这样的体会，当我们在专注地思考一个问题或看一本书时，周围的人大声地叫自己的名字，自己也听不见，道理也类似。

但是，上述疼痛的减轻是暂时的，当这种"干扰"疼痛的刺激（例如上述学习、研究）过去之后，疼痛又恢复了。要想彻底治疗病痛，还须药物等。

日本医学博士春山幸雄写了一本名叫《脑内革命》的书，1996年就销了300万册，已被译为中文出版。该书认为，要想延年益寿、减少疾病，就要有乐观向上的心态，自我营造愉快的生活氛围。"笑一笑，十年少；愁一愁，白了头"就是这个道理。现代医学证实，愉快的心情能使体内分泌出一种有良性刺激的"快感激素"，增强体内的免疫细胞，具有防止老化、抑制疾病，提高自然治愈力的出色功效。不但春山先生有这样的见解，许多医学、生理学工作者也有类似的见解。总之，保持精神愉悦可以延年益寿。

理论上有了依据，那么实际上是不是这么回事呢？回答是肯定的。这里举出一个实例。20世纪20年代，一个住在麻省曼彻斯特市温吉梅尔大街52号的美国人艾尔·汉里，因为常烦恼，得了胃溃疡，继而胃出血，只能每小时吃一汤匙的流质食物。持续了几个月的病，让他的体重从175磅（1磅约0.454千克）锐减到90磅。医生说他已无药可救了，而他却对自己说："如果你除了等死，再也没有别的指望了，还不如好好地利用一下剩余的时间。你不是想环游世界吗？只有现在去做了。"于是，他从洛杉矶登上了"亚当斯总统"号轮船，开始向东航行。在船上，他和旅伴们一起游戏、唱歌、聊天，结交新朋友……

过了一段时间，真奇怪，他居然觉得胃病好多了！最终回到美国，体重竟增加了90磅，病也逐渐好转。

虽然我们不知道这位艾尔·汉里生于何年，活了多少岁，但是他于1948年11月17日在波士顿史蒂拉大饭店，还在给朋友讲他自己环游世界的故事。可见他回到美国之后，还活了20年以上。

良好的精神状态的确可以辅助治疗某些疾病。纯洁的爱情、真挚的友谊、豁达的心胸、开阔的视野、坚强的意志、非凡的毅力、愉悦的情绪、健康的冥思、执着的追求、有益的交谈、崇高的理想……都能对药物治疗等起到一定的辅助作用，使人减轻痛苦或延年益寿。但愿亲爱的读者朋友都能掌握这一"秘方"。

帕斯卡是一位数学神童，12 岁就独立得到"三角形内角和等于180°"的定理，16 岁时就发现被称为"帕斯卡定理"的"神秘六线形定理"。他在数学和物理领域有许多的发现至今仍有价值。他还是一位哲学家，他"服从多数是最好的办法……但同时也是最不高明的意见"的名言哲理深刻，折射出他主张独立思考之光。可惜的是，由于他疾病缠身和过度刻苦，加上他并没有从唯物主义的角度而是从"神"的角度去对待疾病，缺乏乐观的心态，最终在 39 岁死于巴黎皇家道德会。尽管寿命不长，但由于他在诸多方面的成就，帕斯卡于1962 年被世界和平理事会推举为世界文化名人。

书稿为何被妻子烧掉

——几何不如牛肉、面包

我们在中学时代就认识了欧几里得（约公元前330—前275）——因为他的平面几何。

但是，关于这位大名鼎鼎的古希腊数学家一生的细节，由于资料缺乏，我们知之甚少。既不知道他准确的生卒年份，也不知道他出生在哪一个城市；只知道他受教育于柏拉图学园，后来是埃及亚历山大省的一位教师，活跃在公元前3世纪。

欧几里得

有趣的是，有一个与他有关的故事却广是流传。

这个故事是说，一次，欧几里得和妻子吵架，妻子很是恼火。

妻子说："收起你的乱七八糟的几何图形，它难道会为你带来面包和牛肉？"

欧几里得天生是个倔脾气，只是笑了笑，说道："妇人之见，你知道吗？我现在所写的，到后世将价值连城！"

妻子嘲笑道："难道让我们来世再结合在一起吗？你这书呆子！"

欧几里得刚要分辩，只见妻子拿起他写的《几何原本》的一部分手稿，怒气冲冲地投入火炉之中。欧几里得连忙来抢，可是已经来不及了。

据说，他妻子烧掉的是《几何原本》中最后最精彩的一章，但这个遗憾已经无法弥补。她烧的不仅仅是一些有用的书稿，她烧的更是欧几里得的血汗和智慧的结晶。

如果上面这个故事是真的，那么他妻子的那场震怒可能并不是欧几里得引起来的，因为古代的作家们告诉我们，他是一个"温和慈祥的老头。"

古希腊人求知、探索的目的，并不是为了实用。这正如亚里士多德所说："他们这样做显然是为了求知而追求学术，而不是为了任何实用目的。"正因为如此，古希腊人并不计较眼前的功利，而是潜心研究科学。也正因为如此，古希腊才有了辉煌的文明和至今仍让人无比敬仰的、数量众多的各类大师。

欧拉为何成瞎子
——算盲双目的数学家

您知道历史上谁的数学论著最多吗？又知道它们是怎么写出来的吗？

相传数学论著最多的是瑞士大数学家欧拉（1707—1783）。这位数学巨人留下了866篇（一说886篇）论文和32部著作。1909年，瑞士自然科学院开始筹备出版《欧拉全集》，从1911年开始出版到2011年共出版了75卷（4开本），计划中的84卷（总重300多磅），因为工程浩大，至今还没有出齐。

欧拉

欧拉不但著作数量多，而且涉及领域广、质量高。对此，后来大数学家高斯说："研究欧拉的著作永远是了解数学的最好方法。"法国天文学家、物理学家阿拉戈（1786—1853）则说，欧拉"做计算……就像人们呼吸空气或雄鹰凭空展翅翱翔一样"。美国天体物理学家、科学书作家迈克尔·H.哈特在《历史上最有影响的100人》一书中则认为："欧拉的天才使纯粹数学和应用数学的每一个领域都得到了充实。"

1727年，经在彼得堡科学院任职的瑞士数学家丹尼尔·伯努利（1700—1782）的推荐，应俄国沙皇叶卡捷琳娜一世（1684—1727）之邀，欧拉赴彼得堡科学院，任丹尼尔的助手。不久，叶卡捷琳娜一世去世，比伦摄政，政治腐败。许多有才能的科学家被迫离开科学院。特别是统治集团长期陷入权力之争，科学事业无人问津，科学院的生存岌岌可危。就在这种情况下，1733年丹尼尔回国，欧拉成了彼得堡科学院数学教授兼科学院数学部领导人。

此时，欧拉的工作条件极其艰苦，但他却以惊人的毅力和勤奋，写出了大量精湛的数学论文，并为俄国的其他学科解决不少难题。欧拉的一位同事说，欧拉"膝上坐着孩子，肩上趴着猫——他的不朽著作就是这样写出来的"。是的，成功必须以汗水为代价，否则就只有泪水——"眉毛上的汗水和眉毛下的泪水，你必须选择一种"。欧拉做出了明智的选择。

1735年，为了制定一种定时制度长期观测太阳，28岁的欧拉积劳成疾，右眼失明。

当时的俄国政治腐败，科学院和科学事业前景暗淡，欧拉壮志难酬，郁郁寡欢。恰巧新继承德国王位的腓特烈大帝重视科学文化事业的发展，1741年邀欧拉前往柏林科学院任职。欧拉西行柏林任数学物理所所长，直到1766年。在这1/4世纪里，他的精神虽不甚愉快，但正值壮年，精力充沛，前后为柏林和彼得堡科学院提交了大量数学论文，特别是成功地将知识应用于各种实用科学和技术领域，解决了大量实际问题。

1766年，欧拉又应俄国新女皇叶卡捷琳娜二世（1729—1796）之邀，重返彼得堡。不久，他的左眼也失明了。然而，他没有颓丧气馁，发誓说："如果命运是块顽石，我就化作大铁锤，将它砸得粉碎！"

1771年彼得堡的一场火灾，席卷科学院，殃及欧拉住宅，欧拉这位双目失明的学者虽被仆人救出，但其藏书及部分成果却化为灰烬。然而这位坚强的科学巨人没被击倒，他凭着超人的才智，渊博的知识，惊人的记忆力，坚持科学研究，用自己口授子女记录的办法又发表了多部专著及400多篇论文，这黑暗中的17年的成果几乎占他一生著作的半数之多。

1783 年 9 月 18 日下午，欧拉为庆祝他成功计算出了气球上升定律，邀请朋友欢宴。饭后，欧拉一边给小孙女讲故事，一边思索着如何计算刚刚发现的天王星运行轨道，但突然疾病发作，烟斗从手中落地，口里喃喃地说："我死了。"就这样，这位"数学界的莎士比亚"终于"停止了计算，也结束了生命"。

欧拉之所以业绩宏伟，当代瑞士欧拉问题专家费尔曼归纳为三点："首先是他有惊人的记忆力""第二，聚精会神的能力也是少见的，周围的嘈杂和喧闹从不会影响他的思维""第三是镇静自若，孜孜不倦"。

"疯子"在这里聚会
——谁是神秘的"布尔巴基"

卡普兰斯基

…………

你告诉他们你的妙方，
于是人人喜气洋洋。
因为你使他们看到，
根据布尔巴基。
只要人们努力如常，
那么双曲流形和仿射平面，
就是小波化了装。

…………

这是欧文·卡普兰斯基（1907—2006）的一首数学歌，歌中提到一个"人"——布尔巴基。卡普兰斯基出生在加拿大，持有加拿大和美国双重国籍，是波兰裔犹太移民的后代——一位论著等身的数学家、音乐家。

这布尔巴基是谁？"他"怎么与"双曲流形和仿射平面"扯到一起的？

1939 年，巴黎的书店里出现了一本新书——《数学原本·第1 卷》，作者是查尔斯·丹尼斯·索特·布尔巴基（Charles Denis Sauter Bourbaki）。书名的口气之大，令人咋舌——2 000 多年前欧几里得那无与伦比的数学巨著，就名为《几何原本》。

从此以后，布尔巴基以平均每一年一卷的速度继续出版《数学原本》，至今已有 50 多卷。这套书博大精深，不仅涉及现代数学的各个领域，概括了一些最新的研究成果，而且将人类几千年里积累起来的数学知识，按结构重新组织成一个井井有条的新体系。这个体系连同他对数学的贡献，已经无可争辩地成为现代数学的重要组成部分，成为 20 世纪数学的主流。

狄厄多涅

有趣的是，在法国数学界，数学家们却无缘一睹这位数学新巨人的风采。

布尔巴基先生迟迟不肯露面，《数学原本》的出版商对他的行踪也守口如瓶。到后来，这位大名鼎鼎的数学家究竟是谁，竟成了一个有趣的"谜"。

1950 年，布尔巴基终于露面了，他在一篇文章里自我介绍说："布尔巴基教授，原来在波达维亚皇家学院工作，现在定居于法国东北部的城市南锡，与南加哥大学有联系……"可是，波达维亚根本就没有这个人，南加哥大学也纯属子虚乌有。

布尔巴基不断地与人们恶作剧。有一次，数学家波亚斯（Boas）为《大英百科全书》撰写布尔巴基这个条目时，宣称布尔巴基是一个小组，结果招致布尔巴基的强烈抗议。"他"还散布舆论说，波亚斯是一群编辑的假名，是 B、O、A、S 的组合，弄得波亚斯哭笑不得。

1968 年，布尔巴基发出了一个笑话百出的讣告，宣称他于 11 月 11 日在自己的庄园中逝世。也许，这是他的最后一次恶作剧。就在这一年，布尔巴基的领导人之一的狄厄多涅（1906—1992），就在布加勒斯特做了一次题为《布尔巴基的事业》的演讲，终于

韦伊

使"他""原形毕露"。原来，布尔巴基果然是一群杰出的法国数学家组成的一个富有创造活力的集体。不过，没人能知道这个秘密小组的全部成员。

嘉当

布尔巴基的事业，起源于一批立志振兴法国数学的年轻人。1924年，韦伊（1906—1998）、狄厄多涅等一群优秀的法国青年考上了法国的最高学府——巴黎乌尔姆街的高等师范学校。可是，这群走进学校的年轻人感到奇怪——年轻的数学家都上哪去了？

原来，法国数学界出现了一代人的空缺。第一次世界大战的时候，法国政府把大学师生也赶上了前线，结果给法国的科学界造成了灾难性的破坏。狄厄多涅后来回忆说，仅巴黎高等师范学校师生的名册中，就有"2/3的人的名字周围打上了黑框"。现在讲台上的这些老教授，的确都非常有名，但是，他们知道的只是19世纪的数学，对当代数学只有一些模糊的概念。

很明显，法国数学落伍了。这群年轻人决心担负起振兴法国数学的历史重任，于是韦伊、狄厄多涅在1929年到德国走了一圈。受到德国数学界启发之后的1935年夏，布尔巴基应运而生。它的创始人是韦伊、狄厄多涅、嘉当（1904—2008）、谢瓦莱（1909—1984）、德尔萨特（1903—1968）等人；而"布尔巴基"这个名字，是他们在10年以前，即1925年在巴黎高等师范学校读书时就想好了的。他们

谢瓦莱

为什么要用布尔巴基这个名字呢？原来，这是19世纪的法国一位爱国将军——查尔斯·丹尼斯·索特·布尔巴基（1816—1897）的名字。当然，这个名字有点希腊味。

布尔巴基不成文的规定是，超过了50岁就必须自动让位给青年人。所以，布尔巴基能在成员的不断流动中，长久地保持着青年人的朝

气，保持着创造的活力。他们通常不接纳外
国人——仅有一个例外：出生在波兰的美国
数学家爱伦伯格（1913—1998）是这个学会
唯一的非法籍会员。

布尔巴基

布尔巴基大会每年举行两三次。在每
次会议上，都要讨论《数学原本》的写作计
划。会议大致确定出一卷书分多少章，每章
写哪些专题之后，就委派某个志愿者在会后
去撰写初稿。

初稿完成以后，撰稿者必须在大会上一字不漏地大声宣读，并接
受毫不留情的吼叫式的批评。一些人对它横挑鼻子竖挑眼，而另一些
人又未必随声附和，因此常常引起一场针锋相对的激烈争论。这时，
年龄、资历、声望……通通不起作用，即使对方是蜚声全球的、比他们
年长一二十岁的数学家，初出茅庐的小伙子们也要同他来个唇枪舌剑，
争个脸红脖子粗。等到争论平息下来，大家又心平气和地发出开心的微
笑，经过几年辛苦写成的初稿往往已被"残酷无情"地批得"体无完
肤"，而且"碎尸万段"——当场被撕得粉碎！于是，新的志愿者去撰
写第二稿，第三稿……

曾有一位旁听者这样描述他的感受："只有身历其境的人，才能
体会到这种批评的'血雨腥风'，用语言是无法描述的！"于是，他

爱伦伯格

们的集会，被称为"疯子的聚会"。

从开始写作到书印出来，一卷《数
学原本》一般都要重复这样的经历五六
次，谁也说不清它的作者究竟是谁。如
果有谁在大会上沉默不语，那么，他就
不用指望下一次会被邀请参加。

要完成这样一个宏大的计划，就要
求每个数学家"必须有适应一切数学

施瓦茨　　　　　塞尔　　　　　　托姆

的能力"。布尔巴基的成员们，对于大会委派给自己的课题，往往是"一无所知"，但他们都乐意接受，并尽力克服困难去努力完成。

由于他们不知满足地勤学苦研各种数学知识，所以能不断地取得新的成就。例如，从1950年到1966年，就共有4位法国布尔巴基的成员：施瓦茨（1915—2002）、塞尔（1926—）、托姆（1923—2002）、格罗滕迪克（1928—2014）依次先后荣获菲尔兹国际数学奖。又如，布尔巴基的早期成员韦伊、狄厄多涅、嘉当等人，都已成长为世界闻名的数学大师。

"团结就是力量，态度决定一切。"这是回荡在2002年中国足球进军韩、日世界杯期间一个"中西合璧"的口号。现在，我们把它用于布尔巴基是再恰当不过的了：因为他们团结凝聚的态度，因为他们厚科学轻名利的态度，因为他们认真痴迷的态度，才有它不朽不灭的历史地位。

但是，一篇名为《专家谈我国和诺贝尔奖的距离》的文章，却揭露出我们的差距——虽然中国大陆迄今已有两位诺贝尔奖得主。"'缺少一点科学精神'就体现在我们的教育中。""相对而言，中国科研人员的团队精神较差……国外科

格罗滕迪克

学家虽然十分重视知识产权，但他们很重视在相互交流中得到提高；而国内的不少科研人员一旦有了些成果，就紧紧捂着，生怕别人知道了一鳞半爪……（像国外那

2016 年 8 月 23 日夜，首都国际机场"振兴中华"的横幅

种）融洽、和谐而又生动的学术氛围并不多见。"这些看法是十分精辟的。

2016 年 8 月 23 日晚 22 点，在首都国际机场 T3 航站楼内，上千人熙熙攘攘；其中，北大学子再次高举起"团结起来，振兴中华"的横幅，热烈欢迎在里约奥运会上以"史诗般的逆转，不可复制的传奇"斩获金牌的中国女排巾帼英雄凯旋。

对上述"再次"的注解是，1981 年 3 月 20 日，中国男排在香港举行的世界杯亚洲预选赛上，以 3 比 2 逆转战胜韩国队，获得世界杯的参赛权。胜利的消息传到北京，北大学子在校园内喊出"团结起来，振兴中华"的口号，擂动了激励一代人的擂阵鼓，吹响了奋发图强的进军号。

1981 年的"帅小伙"——中国男排"全家福"

难道，在"完成中华民族的伟大复兴"的道路上，我们不应该从布尔巴基、中国女排那里学到一点"秘诀"吗！

64

他们长眠在数字下
——鲁道夫、山克斯一生算 π

1937 年，万国博览会在巴黎召开。奇怪的是，当鱼贯而入的人群走进展览馆的天井时，却发现这里刻着一串数字。于是大家驻足流连，一时传为趣话。

威廉·山克斯与他的 708 位 π 值

啊！原来是一个精确到小数点后 707 位、共 708 位的 π 值。

那 708 位的 π 值怎么要刻在这里呢？原来，它是当时的世界纪录，它诞生 64 年来一直没有人能打破；而且，又是一个人差不多一生心血的结晶。

这个人，就是英国数学家威廉·山克斯（1812—1882）。

自从古希腊阿基米德开创科学算 π 的一种方法——"割圆术"即"古典方法"以来，人们就能算出越来越精确的 π 值了。

但是，由于用人工计算，加之计算方法——阿基米德的割圆术或改进的割圆术——很落后，使得人们难以计算出很多位的 π 值，因此如果有人把 π 值推进到小数点更多的位数，就一定很了不起，会成为轰动性的新闻。于是，托勒密、刘徽、祖冲之、阿尔·卡西……都成了算 π 的"大腕"。

日历翻到了 1610 年。现在荷兰国界内的莱顿（当时属德国）的数学家鲁道夫（1540—1610），毕生用割圆术算 π，最后仅得到 π 小数点后 35 位准确值。他死后，在莱顿圣彼得教堂墓地里他的墓碑上，就刻着"π=3.141 592 653 589 793 238 462 643 383 279 502 88"这个 36 位 π 值（一说只刻了小数点后第 33~35 位即"288"）。

鲁道夫

鲁道夫成了第一个"以身殉 π"的人。可是，这块碑早已不知去向。不过，在 2000 年 7 月 5 日，人们又在莱顿重新建造了一块。

可能有的读者会认为这 36 位 π 值不值一提，但事实上这个成就在当时是很了不起的；因为当时没有机械的或电子的计算器；但更重要的是，他用的仍然是在他之前近 2 000 年的、算 π 很慢的割圆术。

由于鲁道夫在辞世的 1610 年用这种方法通过圆的 2^{62} = 4 611 686 018 427 387 904 边的内接、外切正多边形将 π 算到了 36 位，所以在德国把这个 π 值称为"鲁道夫数"。

其后，人们意识到，再不改进计算方法，计算位数更多的 π 值，难度将更大。

1671 年，苏格兰数学家格雷戈里（1638—1675）发现了著名的公式 arctg $x=x-x^3/3+x^5/5-\cdots$（$-1 < x \leqslant 1$）。这成了计算 π 值的"数学分析法"的起点。

新建的纪念鲁道夫的墓碑（左）和局部放大

1851 年，威廉·山克斯用"数学分析法"将 π 算到 319 位。接着在 1853 年又先后算到 530 和 608

位。这是他从 1843 年起算 π "十年寒窗苦"的结晶。

又经过 20 年的努力，山克斯用台式机械计算机，再借助于马青公式，在 1873 年将 π 算到小数点后 707 位。他的 708 位 π 值被刊登在 1873—1874 年《皇家学会学报》上，而此时距他大规模算 π 的 1843 年已有 30 年了。由于他从小数点后 528 位起就开始出错——第 528 位的 "4" 被错写为 "5"，于是他 30 年的心血大半付诸东流。

这里提到的马青（约 1680—1751），是一位英国天文学家、数学家。他发现的算 π 公式是 π=16arctg（1/5）−4arctg（1/239），把它用 arctg $x=x−x^3/3+x^5/5−\cdots$ 展开，就可以算 π 了。

马青

不过，山克斯的工作一直没被遗忘。约 100 年后，美国著名科普作家阿西莫夫（1920—1992）还称他为 "可怜的山克斯！" 山克斯的 "可怜"之处，不仅在于几十年的心血大多打了 "水漂"，而且在于他至死也不知道自己已经出错。不但他不知道，其他人在 1873 年后的 72 年内也不知道，以至山克斯对他的 708 位 π 值颇感自豪。后人遵照他的遗愿，将这 708 位不完全正确的 π 值镌刻在他的墓碑上。

当然，山克斯 "任凭弱水三千，我只取一瓢饮"的精神却一直激励着后来者。

直到 1944 年 5 月至 1945 年 5 月，英国数学家弗格森（Ferguson，1889— ？）仔细核算了他自己正确的 541 位 π 值之后，才发现山克斯计算的 π 值仅有前 528 位正确。此时离 1873 年已有72 年。美国数学家雷恩奇（1911 — 2009）也是山克斯错误的最早发现者之一。弗格森和雷恩奇二人在 1948 年 1 月，联合公布了 809 位的正确 π 值。

1946 年美国的电子计算机 "埃尼阿克"诞生之后，算 π 的速度大为提高。1950 年，用它将 π 算到小数点后 2 035 位（一说 2 037 位）。

这一结果，证实了 1949 年美国数学家列维·史密斯（Levi B. Smith，1901—？）和雷恩奇创造的人工算 π 的最高纪录——小数点后 1 120 位是正确的。

其后，电子计算机算 π 的纪录不断被刷新，计算方法也有新的发展。例如，1976 年美国数学家尤金·沙拉明（Eugene Salamin）和澳大利亚理查德·皮尔斯·波伦特（1946— ），发明了"沙－波法"即"相关二次算法"。1985 年，又出现了建立在椭圆积分变换理论上的一种新方法，于是有了 2002 年的世界纪录——小数点后 12 411 亿位。它是由日本东京大学 IT 中心的金田康正（1949— ）等数学家用电子计算机算出来的。不过，截至 2019 年 4 月，算 π 的世界纪录是小数点后 8 000 万亿位，由美国圣克拉拉大学的研究员埃德·卡勒斯（Ed Karrels）和他的团队在 2013 年 3 月 14 日创造。

皇帝也讲几何课
——拿破仑的"三角形定理"

以任意给定的三角形的三边为边，向形外和形内分别作三个正三角形，以形外的三个三角形的中心为顶的三角形称为"拿破仑外三角形"；以形内的三个三角形的中心为顶的三角形称为"拿破仑内三角形"。拿破仑发现，拿破仑外三角形与拿破仑内三角形都是正三角形。这就是著名的拿破仑的"内三角形定理"和"外三角形定理"。

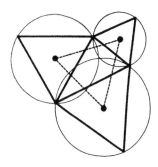

拿破仑的"外三角形定理"

拿破仑·波拿巴（1769—1821），出生在地中海的科西嘉岛，毕业于法国炮兵学校，后任炮兵军官。他对射击、测量中的几何颇有研究，1804年加冕成为"法兰西第一帝国"的皇帝，建立了资产阶级的军事专政。拿破仑称帝前与当时法国著名的数学家拉普拉斯（1749—1827）、拉格朗日（1736—1813）等讨论过数学问题，以这位野心家和独裁者命名的定理就是他痴迷数学活动的代表作。

威震欧洲的风云人物拿破仑崇尚实力与科学，是一个读书迷。与他戎马倥偬的一生相伴的是一个流动图书馆——满载书籍的马车，日夜随侍在侧，以解他无暇潜心细读之"渴"。在东征西讨、转战南北的余暇，他就一头扎进"馆"内，过一过读书"瘾"，常常沉醉于数学的乐趣之中。不可思议的是，他每读罢一本书，就毫不在乎地把它一抛了事。

拿破仑认为："数学的进步和完善与国家的兴旺是密切关联的。"他在读了意大利数学家马歇罗尼（1750—1800）关于只用圆规，不用直尺作图的著作之后，还编了一道几何作图题，向全法国数学家挑战呢！他的题目是这样的：只用圆规，不用直尺，把一个已知圆周 4 等分；当然，圆心是知道的。

拿破仑·波拿巴

拿破仑与拉普拉斯和拉格朗日私交甚厚，并封二位数学家为伯爵，任命他们为内务大臣，经常向二位请教数学问题。拉普拉斯对拿破仑提出和证明的定理十分佩服，曾由衷地请这位皇帝给大家"上一次几何课"。

不过，像拿破仑这样从政而又痴迷数学研究的"国君"并非绝无仅有。

法兰西第五共和国总统戴高乐（1890—1970），似乎"继承"了他的先人拿破仑的数学传统——当然，他不是拿破仑那样的侵略者，而是反法西斯的英雄。他去世后，墓前只有一块小小的墓碑，上面刻着"戴高乐之墓"，碑的另一面是一个洛林十字架造型。洛林原是法国领土，普法战争后割让给普鲁士。戴高乐生前胸前常常佩戴着一个"洛林十字架"，意在不忘收复失地。

洛林十字架由下页图中 13 块 1 个单位见方的小正方形构成。

戴高乐解决了如下等分洛林十字架问题：用圆规与直尺过 A 作一条线段，把十字架划分成面积相等的两部分。

戴高乐的做法是：连接 BM，与 AD 交于 F；以 F 为圆心，FD 为半径作弧，此弧与 BF 交与 G；再以 B 为圆心，BG 为半径作

戴高乐

弧，此弧与 BD 交于 C，连 CA，延长 CA 与十字架的边界交于 N；那么，CAN 就是所求的线段。

美国首任总统（1789—1797 在任）华盛顿（1732—1799）曾是一个著名的测量员。

美国第 3 任总统（1801—1809 在任）杰弗逊（1743—1826）则大力促进美国的高等数学教育。

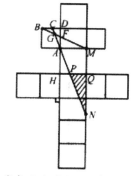

戴高乐的"洛林十字架"

美国第 16 任总统（1861—1865 在任）林肯（1809—1865），就是通过研究欧几里得的《几何原本》来学习逻辑学的。1860 年，他发表在《论坛报》上的关于一次战役的传记中大胆声称："自从成为国会议员以来，我学习并且几乎掌握了欧几里得《几何原本》中的 6 篇。"这"几乎掌握了欧几里得《几何原本》中的 6 篇"成了当年美国总统竞选中最大胆和最受欢迎的竞选声明。

美国第 20 任总统（1881 年任职不到一个月）加菲尔德（1831—1881），更是有新的数学发现。他在当国会议员的时候，和议员们一起做数学游戏，得到了一种巧妙的证明勾股定理的新方法，发表在波士顿的《新英格兰教育杂志》上。

为何中途走出哈佛
——比尔·盖茨痴迷电脑

"他不是什么男孩，是董事长！"

当米丽安向原来的工作人员伍德报告"有个男孩闯进了董事长的办公室"的时候，伍德这样回答。

1976年的一天，42岁的米丽安女士到微软（Microsoft）公司应聘，当了董事长的新秘书。不巧，董事长正好有事到外地去了。一位名叫伍德的工作人员向她交代了她的主要职

比尔·盖茨

责，并且特别叮嘱她要看住董事长办公室，千万不要让外人进去摆弄电脑。

她猜想，偌大的微软公司的董事长一定是一个很威严的老头，或者是一个中年人。

一天早晨，米丽安看到有个身着T恤衫和牛仔裤、戴着眼镜的金发男孩走进公司。男孩向她打了一个招呼，她还没有反应过来，男孩就走进了董事长的办公室，打开了电脑。米丽安立即向伍德报告，于是有了开头的对话。

当伍德告诉米丽安真相的时候，她惊呆了。她压根儿没有想到，董事长竟然是稚气未脱的男孩。她更不会想到，眼前这个年仅21岁、看上去只有十五六岁的"男孩董事长"，能"呼风唤雨"，用他的技术去改变亿万人的生活。

这个"男孩董事长"就是"微软之帝"威廉·亨利·盖茨，也就是我们常说的比尔·盖茨。比尔 1955 年 10 月 28 日出生于美国西雅图的一个律师之家，从孩提时代起就生活在一个富有文化气息的环境中。他的母亲玛丽·麦克斯韦·盖茨（1929—1994）给学生讲课时，总是把他带在身边。

比尔性格好动，但是喜欢思考，酷爱读书。他的课余时间几乎都花在阅读上。不过，他读的书不是一般儿童喜欢的连环画、童话故事之类，而是供成人阅读的各种书。才 7 岁的时候，他就特别喜欢读《世界图书百科全书》。再晚些时候，他又迷上了本杰明·富兰克林（1706—1790）、富兰克林·德拉诺·罗斯福（1882—1945）、拿破仑、爱迪生等大名家的传记。他后来说，读这些是为了理解他们如何思考，让思想走在年龄的前面。比尔成天泡在书堆中，正是这些书开启了他通向理智世界的大门，为他今后以观念制胜的事业打下了牢固的基础。

比尔的进取精神在整个年级是出了名的。有一次，老师在他所在的四年级学生中布置写一篇四五页长的关于人体特殊作用的作文，结果，比尔一口气写出了 30 多页。在数学和自然方面他比同班同学也更胜一筹。

在比尔上 7 年级那年，父母决定送他去湖畔中学求学，这是西雅图一所管制最严、专门招收超常男生的学校，也是当时美国最先开设计算机课程的学校。一次，数学教师保罗·斯托克林让学生参观计算机房。他让比尔试着在机上输入几条指令，对这些指令处理的结果立即从 PDP - 10 型计算机上传回来了，这使比尔大为惊讶，从此，他迷上了电脑。在校期间，他和同学们一起着魔似的学习电脑知识，一有空就去机房摆弄计算机。他千方百计地寻找计算机方面的书和资料，到手后就反复钻研，百读不厌。他和同学们组成小组，摸索编软件程序，开始自己创造电脑游戏。

每天放学以后，或者周末，比尔都把空余时间用来实验新的软件，并用新软件换取到当地一家电脑公司操作电脑的时间。早在 14

岁的时候，他就已开始编写简短的运行电脑的程序了。早期的游戏程序如"三棋杀三子"或"画圈打叉游戏"，以及"登月"，就是用后来成为比尔的第二种语言的 BASIC 来写的。16 岁那年，他和一个朋友一起为学校编了一个课程表程序，赚了 4 200 美元，他们的这个版本在学校里使用了许多年。

1973 年，比尔进入哈佛大学学习，将于 4 年后毕业。然而，1975 年，只有 19 岁的比尔看到微电子技术使计算机的体积变小了，速度变快了，功能变强了，就意识到计算机发展的远大前景。他相信总有一天计算机会像电视一样进入千家万户，而不计其数的计算机都必然需要软件。他认为自己真正的兴趣和未来都在计算机上，于是在这一年毅然决定退学——只在那里读了 2 年，与和他有同样想法的中学校友保罗·阿伦一起全力以赴地开拓计算机事业。

比尔和阿伦在西雅图市东北的雷蒙镇的牧场和草莓园上建立了一个软件公司——大名鼎鼎的微软公司，为大多数美国私人电脑提供了基础软件。1986 年，年方 31 岁的比尔成了靠自己的智慧和劳动创造了亿万财富的富翁。1995 年以来，比尔常常雄居美国《福布斯》杂志世界富翁排行榜之首，被誉为"坐在世界巅峰的人"。不过，近年也有其他富翁和他的财富不相上下。

打好基础、痴心不改、思想活跃、远见创新、开拓进取、抓住时机，是比尔的成功给我们的部分启示，也给我们的教育以启示。

不要官爵要数学
——一生写书的梅文鼎

"万般皆下品，唯有读书高"和"学而优则仕"是流传至今的中国古代名言。然而，中国也有"读书"不是为了"则仕"的知识分子。

17 世纪，世界上曾同时出现了两个著名的数学家族，一个是瑞士的伯努利家族，另一个就是中国的梅文鼎家族。他们一东一西遥相辉映，为人类数学的发展立下了不朽的功勋。

梅文鼎

中国明末清初时出现的梅文鼎数学家族祖孙四代有 7 人精通数学，真可谓群星灿烂，光照千秋。梅氏家族的梅文鼎，他是中国历史上有名的天文学家、数学家和文学家，当时被誉为"历算第一名家"。

梅文鼎世居安徽宣城县（今宣城市）东南柏枧山口，1633 年 3 月 16 日，他出生于梅氏望族中的一个书生家庭。他的父亲梅士昌深通经书，旁涉各类，博学多才。梅士昌不愿在清朝做官，于是就在江南山村过着隐居生活。

梅文鼎小时常随父亲及他的私塾老师罗王宾观测星象，幼年时期就对天文、数学产生了浓厚的兴趣。9 岁时即能熟诵五经，14 岁考中秀才。27 岁时，他和两个弟弟一起向隐居官湖之滨的竹冠道人倪正学习天文历法。在学习上，他非常认真、刻苦，回家后和他的两个弟弟梅文鼐、梅文厢互相切磋，经常废寝忘食、通宵达旦。

"黄鹄初试羽，瞻云思八荒。"不久，梅文鼎将学习历法的心得编成他的处女作《历学骈枝》4卷。这部著作，以"大统历"为根据，用我国古代传统数学中的"勾股术"和"较术"研究历法、论述推算日食和月食。

我国的数学与天文学奠基于汉唐，盛极于宋元，到了明末清初已日渐衰颓。梅文鼎的著作点燃了清代复兴宋元历算的火种。

在明末清初时，大多数知识分子崇尚"道学"，不重视科学研究，我国古代的代数学名著大都失传，民间流行的几部珠算读本，对于古代数学的精华往往"不得其理而强为之解"，以致"谬种流传而古法不复可用"。当时从西方传入的数学又因"译书者识有偏全，笔有工拙"，所载图说有难以理解之处。思想比较进步的人士真能了解欧几里得《几何原本》等书的很少，一般思想保守的人对《九章算术》的内容都不能深透了解。

当时，中学西学的争鸣不过是新旧两派间的争吵，都不是实事求是的科学争论，所以在学术上做出真正贡献的人很少。

梅文鼎生逢这个时代，认为科学研究应当不分中外，"技取其长理义其是"。他治学非常严谨，遇到深奥难读的书，都要彻底搞懂。对一些珍贵而零散的资料，都亲手抄写成集。一字异同，也不轻易放过。经过20年艰苦努力，于1672年写成了他的第一部数学著作《方程论》，共6卷。就这样，他孜孜不倦地研究长达60年之久，一共著书80多种。

梅文鼎39岁时妻子去世，但他"丧妻不复娶，只求做学问"。于是，历算书籍从此成了他终生的伴侣。1675年，他买到了中国数学家徐光启（1562—1633）组织编译的《崇祯历书》，借到了中国数学家薛凤祚（？—1680）与波兰传教士穆尼阁（1611—1656）合译的历书《天步真源》，1678年他又借来了意大利传教士罗雅谷

（1593—1638）的《比例规解》。梅文鼎迷上这些历算书籍，甚至临到科举考试的前一天，他还是"历象书盈尺，穷日夜不舍"，可见他把研究历法与数学看得比科举考试更为重要。

梅文鼎一生不图功名利禄，研究阐述西方传进来的天文历法和数学，同时发扬中华科学的传统，对整个清代的学术思想产生了很大影响。他勇于吸收西方新学，熔冶古今中外科学于一炉，独树一帜，有很多创见。

1689年，梅文鼎受朝廷的邀请，到北京参与纂修《明史·历志》。通过这次工作，使他的学术声誉大振，结交了大批名流学者。康熙皇帝知道梅文鼎在历算方面很有造诣，1702年，康熙皇帝亲自研读了梅文鼎的著作《历学疑问》，并做了批注和笔记。1705年6月，康熙在南访北归的船上召见了梅文鼎，乘船北上，同行3日。康熙和他纵谈天文与数学，并亲笔题词"绩学参微"四字，赐赠梅文鼎。

1721年，梅文鼎已过88岁高龄，仍在家中孜孜不倦地研究。然而终因积劳成疾在这一年病逝。他去世2年后，1723年兼济堂把他大部分著作编成《梅氏历算全书》刊刻出版。

虽然梅文鼎去世了，但是梅氏家族对我国科学的发展起了极为重要的推动作用。

数学题答案当货款
——华罗庚曾名"呆子"

1910年11月12日，江苏省金坛县（今金坛市）一位商人家中，两个箩筐扣住了一个柔弱的新生命——华罗庚降生了，他也因此而得名。

父亲华瑞栋（小名华祥发，1870—1939）——人称华老祥，早年参加过辛亥革命，经过商，后来破落了，回家乡开了一个小杂货铺，靠代人收购蚕茧、土麻之类的杂货为生，

华罗庚

家境每况愈下。华罗庚出生时，他父亲已经40岁，中年得子的夫妻俩就把独子视如掌上明珠。

华罗庚小学毕业后，进了家乡的金坛中学，读初中时就深深地爱上了数学。1925年华罗庚在金坛中学毕业后，经亲戚介绍，进了由黄炎培和江问渔创办的、免交全部学费的上海中华职业学校，读商科。

一年后，华罗庚由于交不起50元伙食费和杂费而失学了。他回家乡一面帮助父亲在"乾生泰"小杂货店里干活、记账，一面继续钻研数学。

回忆当时他刻苦自学的情景，他的姐姐华莲青说："尽管是冬天，罗庚依然在账台上看他的数学书，清水鼻涕流下时，他用左手在鼻子上一抹，往旁边一甩，没有甩掉，就这样伸着左手，右手还在不停地写。"

那时，华罗庚站在柜台前，顾客来了就帮父亲做生意、打算盘、

记账，顾客一走就又埋头看书演算起数学题来。有时，华罗庚入了迷，竟忘了接待顾客，甚至不止一次把算题的结果（有时是"天文数字"）当作顾客应付的货款，使顾客大吃一惊。

一天，一位老主顾又来了，他进店问："线多少钱一支？"对数学入了迷的华罗庚，看着烟盒上的演算数字就脱口而出："835 729。"买主一听，一时没回过神来，接着扭头就走。当时，他的父亲怒火冲天，一把夺下他的书本，给了他一个巴掌，还训斥说："真是个呆子！"对此，街坊邻居都传为笑谈。

又有一天，华罗庚的母亲在后面洗衣服，听到有人喊买东西，但她一看，儿子却没有任何反应。原来，华罗庚两眼一直盯在书本上，压根就没有听见。母亲一见儿子充耳不闻，不禁火从中来，走到儿子面前，一把拎起他的耳朵，拉到顾客面前。华罗庚一边侧着头，两眼仍不离书本，母亲拿他没办法。

于是，"罗呆子"的绰号就不胫而走。

可是，"罗呆子"并没有"吸取教训"，仍"执迷不悟"，对数学痴迷依旧。

每逢遇到怠慢顾客的事情发生，父亲又气又急，说他念"天书"念呆了，要强行撕掉或烧掉书。在争执发生的时候，华罗庚总是死死地抱着书不放。当时他仅有的三本数学"天书"《大代数》《解析几何》和《微积分》，就被他"啃"了个滚瓜烂熟，读书心得写满了几十个笔记本。

后来，回忆起这段生活，华罗庚辛酸地说："那正是我应当受教育的年月，但一个'穷'字剥夺了我的梦想，在西北风口上，擦着清水鼻涕，一双草鞋一支烟，一卷灯草一根针地为了活命而挣扎。"

华罗庚从小就有一股刨根究底的劲。有一年春天，金坛县雀行庙会，小罗庚挤在人群里，看一些从城外青龙山来的"菩萨"骑着马在街上游行。庙会散了，"菩萨"走了，可小罗庚却不见了，父母、姐姐急得到处找，怎么也找不到。原来，他跟着"菩萨"走了几里路，一直到看清楚"菩萨"是人装扮的，才罢休回家。

华罗庚遇事独立思考，不管对什么事、什么人，绝不盲从和迷信。他认为正确的就坚持，错误的就反对，不怕得罪人。在读初中时，有位老师很崇拜中国学者胡适（1891—1962），并把个人收藏的胡适著作分给学生，要学生看后写篇感想。

华罗庚分到的是胡适自己最得意的《尝试集》，其中有首诗：

"'尝试成功自古无'，

放翁这话未必是。

我今为下一转语，

'自古成功在尝试'。"

华罗庚边读边想。他认为，唐代诗人陆游（1125—1210）的"尝试成功自古无"中的"尝试"，与胡适的"自古成功在尝试"中的"尝试"，含义不一样——胡适是用自己的概念否定别人的概念，是犯了偷换概念的逻辑错误。他把这一想法写出来交给老师，老师大为光火，将这个胆敢冒犯权威的学生列入"劣等"。

但是，华罗庚并不因为得罪了老师，而改变自己的上述看法。

华罗庚顽强自学到 17 岁，父母在传宗接代观念的支配下，早早地就让他和一位同年龄的姑娘吴筱元（即吴筱之，1910—2003）在 1927 年秋结了婚。

疾病与贫穷是"一对双胞胎"。18 岁那年秋天，华罗庚刚在金坛中学谋到一个事务员的职位。当时，金坛瘟疫蔓延，华罗庚染上了可怕的伤寒病。家中连两元医药费都拿不出来！华罗庚在病床上度过了 6 个月，变得又黄又瘦，在妻子的精心照料下，总算活过来了。当他挣扎着爬起来时，发觉左腿大腿骨弯曲变形，从此落下了左腿的终身残疾——"罗呆子"变成了"罗跛子"。由于走路时一摇一晃地像"班船"，所以他也自嘲为"班船"。

在不幸的遭遇面前，华罗庚并没有沉沦，他决心要从数学中找出路。他想："干别的工作要到处跑，或者要设备条件。我选中数学，是因为它只需要一支笔，一张纸，'道具'简单。"

华罗庚从王维克老师那里借来一本代数、一本几何和一本50页的微积分学，就开始了他前途无量的自学数学的生涯……

华罗庚不但痴迷、刻苦，而且还十分注意学习方法。他尽量将解题的方法简化，最终形成了他特有的"直接法"，为国内外数学家们所称道。前述在中华职业学校学习期间，他曾获上海市珠算比赛第一名，就是靠"智取"——把每次乘除得出的答数逐次相加（减），大大节约了做除法的时间，从而战胜诸多指法熟练的银行职员和钱庄伙计。

1985年6月12日下午，世界级的大数学家华罗庚，在东京向数学界做学术报告的讲坛上做报告时，突发心脏病。经紧急抢救无效，于当晚逝世，实现了他"最大希望就是工作到生命的最后一刻"的壮丽誓言。

国际数学界公认的"绝对第一流的数学家"华罗庚，是中国科学界的骄傲，是中华民族自学成才的典范。他那种在逆境中坚韧不拔、痴心不改的自学精神，和他独立思考问题的思维方式、独创的学习方法，永远激励着我们，特别是青少年一代自强不息、奋斗不已！

竹茬差点让他"挂彩"

——苏步青读书摔下牛背

苏步青

1902年9月23日，浙江省平阳县带溪村，一个男婴儿呱呱落地。

他的父亲给他取名苏步青。

"'步青'是什么意思？"孩子的母亲疑惑地问。"平步青云。"父亲满意地回答。是呀，这是父母虔诚的祝愿。

几十年以后，这个祝愿变为了现实——对中国数学界来说，苏步青（1902—2003）是一个如雷贯耳的名字。德国数学家、汉堡几何学派的创始人布拉施克（1885—1962），曾对于1929—1934年留学德国的苏步青的学生曾炯（1897—1940）说："您的导师是东方第一位几何学家。"苏步青的主攻方向和主要重大成就是在微分几何学方面。

在苏步青7岁的时候，父亲送他到私塾念书。两年后，由于私塾先生要"下海"另谋职业，苏步青只好停学在家。无奈，父亲给了苏步青一条牛鞭。

当放牛娃，苏步青反而高兴。他一手握着牛鞭，一手拿着小说，等把牛赶到草地，自己就躺在山坡上，静心地看起书来。有时看到入迷的地方，即使要回家了，都还不肯

布拉施克

合上书，而是在回来的路上，坐在牛背上，一摇一晃，继续看着。

就这样，苏步青在不太长的时间里，先后看熟了《聊斋志异》《西游记》《东周列国志》。不过，母亲知道他的这种读书方式以后，总担心他会从牛背上摔下来，落个终身残疾，因此，每次牵牛出门时母亲都再三叮嘱他别跨上牛背。当儿子的，总是当面满口答应，可一转眼又"阳奉阴违"——骑牛看书痴迷依旧。

一天，母亲担心的事终于发生了。苏步青骑在牛背上看《三国演义》，看到得意的地方，竟忘乎所以，手舞足蹈起来。一不留神，整个身子滑下牛背，摔在一片刚砍过的竹林里。

竹林里留下的竹茬像一支支利箭，又硬又尖，身体要是摔在上面，不是透肺就是穿背，落个体无完肤。苏步青这次还算万幸，摔下来的地方，恰好是在两株竹茬中间，这才幸免于难。

后来，这事不知怎的还是传到母亲的耳朵里。母亲由此犯愁：孩子不能再这样野下去了，不然总有一天连命也保不住啦！母亲与父亲商量了一阵，还是决定送他上学去。

就这样，父亲把平时节衣缩食省下来的一担米卖了，送苏步青到平阳县城县立第一高等小学校——平阳县的"最高学府"读书。这时，苏步青正好满9岁。

纸篓中为何常有钥匙

——痴迷几何的谷超豪

苏步青不但在数学领域成果卓著，而且为中国数学界培养了大批人才，建立了中国的微分几何学派。他早期培养的"四大金刚"：熊全治、张素诚、白正国、吴祖基和后来的"十八罗汉"，就是他的得意门生。其中，他要求最严格、最钟爱的学生谷超豪、胡和生（1928—2024）夫妇更是里面的佼佼者。

1926 年 5 月 15 日，谷超豪生于浙江温州，14 岁就入党，上街贴抗日标语、大字报，揭露国民党反动派制造皖南事变……

谷超豪主要研究一般空间微分几何、微分方程理论、规范场理论等，取得了许多系统的成果。他的论著超过了 100 篇（部）。这当然不是一般投入就能得到的。

在这超出一般的投入之下，奇怪的事情就发生了。谷超豪的夫人胡和生经常发现，家里的钥匙老是要被他弄丢，全家的钥匙都让他给丢光了。更奇怪的是，字纸篓里却经常有钥匙！是谁在搞恶作剧呢？胡和生要认真地查一查。

不查不知道，一查真奇妙。原来，谷超豪在研究数学时，心无旁骛，一心想的是那些数字和符号，经常操起习惯动作，把钥匙当草稿纸丢进字纸篓之中……

"文化大革命"期间，谷超豪一天挨批

谷超豪

胡和生

斗七次，但只要条件允许，他就没有放弃过他钟爱的数学研究。在乘飞机、火车、汽车时也在不停地思考。晚上在床上，也翻来覆去地在思考。对此，胡和生深有体会地说："只要他晚上在动，我就知道第二天有新成果要出来了。"

谷超豪就任中国科学技术大学校长时，第一次就职演说没有讲行政问题，而是做学术报告，受到学生们的热烈欢迎。可见他对科学的重视和执着。

谷超豪也像他的老师苏步青那样，十分注重人才培养。他发现了新的课题，要让学生先去研究。这一方面是让学生施展自己的聪明才智，另一方面也是让学生有更多的发表新成果的机会。在他的周围，已经形成了一个颇有实力的研究集体。

2012 年 6 月 24 日，谷超豪不幸在上海因病逝世。同年 12 月 17 日，也是著名教育家的谷超豪铜像揭幕暨骨灰安葬仪式，在上海滨海古园举行。在此前的 2009 年，国际编号为 171448 的一颗小行星，用他的名字命名。他还是 2009 年度国家最高科学技术奖的两位得主之一。

厕所、洗脸间、锅炉房
——陈景润的"办公室"无所不在

"38号，38号！"理发员大声叫喊，"谁是38号！快来理发！"可是，这个等候理发的"38号"，却一直没有答应。

这个拿到38号牌子的人是谁，为什么没有答应呢？我们还是把日历倒翻回去吧。

陈景润发表"1+1"成果时期在中国科学院图书馆

1948年的一天，福州英华中学（今福建师大附中）高中的一间教室里。

"有个德国数学家叫哥德巴赫，他对数学研究很感兴趣。1742年6月7日，他在莫斯科从事外交工作的时候，提出了一个猜想，即任何大于2的偶数都是两个素数之和——简称'1+1'。比如6=3+3，8=3+5，10=5+5……"一位讲数学课的老师侃侃而谈，"但是，他自己不能证实，就写信请教在柏林的著名大数学家欧拉。同年6月30日，欧拉回信说，他相信这个猜测是对的。可是，欧拉一直到死也没能证实它。1770年，英国数学家华林（1734—1798）首先把它公之于众。于是，这个'哥德巴赫猜想'就成了一道著名的难题，200多年来许多科学家想解决这道难题，但是都没有成功……"

这位讲数学课的老师，就是清华大学副教授沈元（1916—2004）。他于1943年到英国留学，1946年获得博士学位后回国，在清华大学航空系任教到1952年，后来成为教育家、空气动力学家和中国科学院资深院士。1948年，沈元为父奔丧来到福州，却因解放战争阻断交通而暂时在这里教书。上课时就给同学们讲了前面这个数学故事。

沈老师讲课深入浅出，大家都爱听。同学们聚精会神地听到这里，都叽叽喳喳地议论开了……

一位瘦小的同学坐在角落里，没有吱声，可他默默地把这个问题记在脑海里……他的名字叫陈景润（1933—1996），当时他15岁。

4年以后，陈景润进入厦门大学数学系读书，他又一次从李文清先生的讲课中听到"哥德巴赫猜想"。李老师还鼓励他们向这些数学难题"开战"……

为了这个"开战"，陈景润在厦门大学就开始"擦枪磨刀"。他的口袋里时刻放着纸和笔，一有空闲就做数学题。不但做老师规定做的，还找课本外的题做。这样，同学们只做了10道题的时候，他已经做了几十道题了。

1957年9月，陈景润进入中国科学院数学研究所，担任实习研究员。一开始，他和其他三位科技人员被安排住进新盖宿舍楼的一间房间。那里宽敞明亮，生活方便。没几天，陈景润就意识到，自己夜间的钻研会影响到同室同志的睡眠。作为一个新调入的实习研究员，要拥有一间单人住房在当时是不可能的。

怎么办呢？陈景润左思右想，居然想到一间没有启用的厕所。得到领导同意后，他住了进去。

那是个朝北的、只有3平方米的小房

陈景润

间，里边有个抽水马桶。陈景润把单人床的一头搁在马桶上，余下的空地连一张二屉桌也放不下。他看书、演算时只好撩起被褥，把床板当桌面，几块砖放在床前就是凳子。天冷了，厕所里没有暖气，北方的寒气冻得他的手握不住笔。同志们都劝他搬回老房间，他摇摇头，继续他的演算。有一天，连墨水瓶也结了冰，影响了工作，他才鼓起勇气找领导，在厕所里装了个100瓦的大灯泡，用来照明兼取暖。

就是在这间3平方米的"厕所办公室"里，陈景润对解析数论中许多经典问题的研究出了成果，逐渐成长为一个成熟的数学家。

20世纪60年代初，陈景润被安排到另一间集体宿舍。由于体弱多病，他住的是病号房，按规定必须在晚上10点熄灯。为了学习研究时不影响其他人休息，陈景润10点过后就一手拿纸和笔，一手提瓶热水，悄悄走出病号房，到厕所旁的洗脸间，旁若无人地坐在地上埋头计算题目，经常通宵达旦。陈景润往往一干就是几天几夜，一天只睡三四个小时，直到大病一场。例如有一次，他突然消失了7天7夜！病稍好些，他又出现在洗脸间，开始他的又一个几天几夜。这是他的"洗脸间办公室"。

以后，为了有一个可以独自钻研的房间，陈景润又设法住进了6平方米的小锅炉房。也就是在这狭小的"锅炉房办公室"里，陈景润证明了举世闻名的"1+2"——目前哥德巴赫猜想的最好成果，离"1+1"仅一步之遥。从1966年至今已50多年，这个世界纪录仍没有人能打破。

陈景润对数学研究的痴迷，达到"两耳不闻窗外事"的地步。在中共中央"九评苏修"期间政治学习的时候，陈景润仍在琢磨他的"1+1"，对政治学习的内容一无所知。到了学习第九评时，他终于听到了一个词：批判苏联修正主义。"苏联是我们的友好邻邦，也是我们的老大哥和榜样。"陈景润心想，"把苏联当成修正主义来加以批判，这还了得！"于是，他当即报告了党组织。其实，陈景润哪里知道，中苏的"蜜月"期在此前已经结束——双方当时到了"闹离婚"而公开打"口水战"的阶段。

另一件事是在"文化大革命"期间。在一次要求人人必须发言的政治学习会上,他照以往一样,批判美帝国主义。一位同事悄悄拉他的衣角,小声说:"中美已经建交了,毛主席还接见了美国总统尼克松。"这时他才恍然大悟。

有几次,陈景润边走边思考数学问题,一下子碰到电线杆上,他还说"对不起"!

又有几次,他静静地在称为"二层半"的数学所图书馆专心查阅资料,下班关门他也不知道。无法出门回去,他索性就在图书馆看了一宿书。

1973 年,陈景润修改后的论文《大偶数表为一个素数及一个不超过二个素数的乘积之和》发表以后,在全世界数学界中引起了强烈反响。当时,英国数学家哈勃斯丹和联邦德国数学家李希特合著的数论重要著作《筛法》一书,正在印刷厂排印。他们看到陈景润的论文以后,立即为这本书专门增加了第 11 章——《陈氏定理》,并说,陈景润的成就"移动了群山"。为了"移动"这"群山",陈景润的数学手稿就装了 6 麻袋!

中国著名数学家王元(1930—)也是哥德巴赫猜想的研究者,他在 1957 年证明了"2+3"等。他说:"在世界权威的《100 个具有挑战性的问题》书中,只提到两个中国人,一个是 1 500 年前的祖冲之,一个就是 20 世纪的陈景润。"

比陈景润的成就更重要的是他的精神。"陈景润视事业如生命的献身精神……他甘于寂寞、安贫乐道、脚踏实地、艰苦奋斗的拼搏精神……是我们的宝贵精神财富……"中国科学院院长(1987—1997 在任)周光召(1929—)在《陈景润传》一书的序言中说,"对年轻人来说,这一点尤为重要。"

陈景润骨子里是个一览众山小、心气极高的人。在 1957 年,有人问他:"你的人生目标是什么?"他的回答是:"打倒维诺格拉多夫。"这里陈景润提到的想超越的维诺格拉多夫（1891—1983）是著名的苏联数学家，在研究"1+1"中，取得过"3+3"的重要成果。

现在，可以揭开故事开头的"38号之谜"了。原来，陈景润吃中饭的时候，摸摸脑袋，哎呀，头发太长了，应该去理一理，要不，人家看见了，还当自己是个姑娘呢！于是，他放下饭碗，就跑到理发店去了。陈景润拿到38号牌子之后，看到还要等很长时间才轮到自己，就走出了理发店。他在一个安静的地方坐下来，掏出小本子背诵外文单词。背着背着，突然想起上午读外文时有一个不懂的单词，就跑到图书馆去查，直到太阳下山，才想到理发的事——当然也就无法听到理发员的呼叫了。

浴盆中解答"金冠难题"

——"疯子"发现浮力定律

"尤里卡！尤里卡！"

公元前200多年前的一天，古代地中海西西里岛东南的城市国家叙拉古（今意大利锡拉库萨）的大街上，一个赤身裸体的男子疯疯癫癫地边跑边喊，穿过全城……

他是谁？喊的"尤里卡"是什么意思？为什么这样疯狂？他要跑向何方？

阿基米德

"这不是阿基米德么！"突然，有人认出这位当时已声名卓著的大物理学家和数学家，大家奇怪地看过去。"他怎么疯了？"人们围拢在一起，互相询问，但都不知道出了什么事。

阿基米德（约公元前287—前212）真的疯了么？其实，他并没有疯，而是兴奋得还没有发觉自己是光着身子在大街上跑。那这是怎么回事呢？

原来，叙拉古王国的国王海埃罗二世（约公元前308—前216）叫金匠做了一顶金冠，但怀疑其中掺了假。他叫人称了重量，发觉与他交给工匠的金子一样重，但是显然这种办法不能鉴别是否掺假。他又舍不得损坏这顶制作得玲珑剔透的金冠，把它打开来检查。那用什么办法呢？在朝廷之中其他人都无计可施的时候，国王想到了他的科学顾问——亲戚阿基米德。

然而，这个难题让才华横溢的大科学家阿基米德吃尽了苦头——

昼思夜想，也没有想出办法。

一天，阿基米德将画着几何线条的身体泡进盛水的浴盆——他要洗澡了。突然，他觉得身体轻飘飘的，好像有人用一只无形的手将他往上托，水也哗哗地从浴盆溢了出去。他立即站了起来，浴盆内的水位又降下去了；他又蹲入浴盆中，水位又升到盆沿。反复几次都是如此。这时，他猛然与朝思暮想的金冠问题联系起来，

阿基米德：浴盆中身体轻飘飘

突然心头一亮，立即跳出澡盆，衣服也忘了穿，就跑上大街——向王宫奔去。于是，出现了前面那一幕。

那么，阿基米德发现了什么"新式武器"，能解决"金冠难题"呢？原来，在洗澡的时候，他在偶然看到水的升降和身体感到往上托的事实中受到启发，找到识别真假金冠的方法。正是"一夜腊寒随漏尽，十分春色破朝来"。

阿基米德跑到王宫以后，找来一块和金冠等重的金块，为国王做了一个实验。他把金冠和金块分别放进两个同样盛满水的罐子，并各用一个器皿接承从罐子溢出的水，最后把溢出的水分别进行称量。结果，发现两次溢出的水的重量不一样。

"陛下，金冠和金块一样重，如果金冠是纯金的，那它们的体积应该一样大，放进水罐之后，溢出的水应该一样多。但是，现在并不一样多，这说明金冠内掺了假。"阿基米德对国王说。

阿基米德用这种巧妙的方法——测量体积的替代法，没有损坏金冠就鉴别出了它的真假。趣味的"巧合"是，后来中国曹冲称象的方法，与此不谋而合。

阿基米德由鉴别金冠真假一事继续进行研究，终于发现了阿基米德定律（原理），即浮力（第一）定律。他把这个定律写进了《论浮

体》一书中。

对我们现代人来说，阿基米德的发现并不"起眼"。然而，在当时那个没有"密度"等概念的时代，能有这样的发现，不能不说是石破天惊的。

另一个力学定律即杠杆定律，也是阿基米德最先总结前人的成果，明确用几何方法证明的，记载于他的《论平面图形的平衡》一书中。

使人欣慰的是，这两部书都幸存了下来，而这两个定律仍写在当今中学的物理教科书中。

当然，阿基米德的成就并不仅仅限于物理领域——他在数学中的成就（因此被称为"数学之神"）和在物理学中的成就一样，至今仍光辉不灭。

阿基米德的巨大成就，来自于"痴迷不悟"。洗澡的时候在涂满擦身油的身体上画几何线条，敌军士兵要杀他的时候还在喊"不要动我的图！"就是典型的例子。

那么，阿基米德大叫的"尤里卡"的意思是什么呢？是"知道了"！

就是这个"知道了"的故事广为流传，穿越了 2 000 多年的时空，激励着后来者去探索无数"不知道"，以至于当代最著名的发明博览会都以"尤里卡"命名。在 1983 年，美国总统（1981—1989 在任）里根（1911—2004）公布"星球大战"计划几个月后的 7 月 17 日，法国总统（1981—1995 在任）密特朗（1916—1996）在巴黎就提出"欧洲必须团结在一项伟大工程的周围"的"尤里卡计划"——一项经济技术发展计划，意在联合西欧各国，改善西欧相对落后于美、日的现状，对付美、日的威胁，提高其工业竞争力。负责它的"欧洲

密特朗

研究协调机构"ERCA，是英文 European Research Corodination Agency 的缩写，与希腊文尤里卡（Ear ê ka）相近。

洗澡这个生活中的"必修课"，恐怕从人类诞生之后就开始了。然而，直到阿基米德的时候，他才抓住机遇而演绎出"澡盆定律"。那么，我们能从中得到什么启发呢？美国科学家破解了这个"阿基米德式顿悟"之谜。

美国科学家在 2004 年首次通过研究推断，人脑的前上颞回区域能促进大脑将看似不相关的信息进行集成，使人们在其中找到早先没有发现的联系，从而"顿悟"出答案。他们说，新研究首次表明，大脑独特的计算和神经中枢机制导致了灵感降临的那些"突破性时刻"。对此，美国普林斯顿大学教授莱尔德评论说，这是他所见到的有关"顿悟"最具原创性的研究之一。哈佛大学霍华德·加德纳（1943—　）教授则认为，新研究结果有助于消除笼罩在人类创造性思维过程之外的神秘色彩。

从拆模型到学几何
——瓦特何名"神经质"

克莱德河静静地在英国苏格兰的格里诺克小镇旁流淌。小镇靠近英国的造船中心格拉斯哥，两地间沿克莱德河有许多造船厂，詹姆斯·瓦特（1736—1819）的爸爸就是一个熟练的造船装配工人。

瓦特

瓦特的爸爸从小就给他讲牛顿的故事。他被牛顿的事迹感染，希望长大做牛顿那样的人。

像牛顿那样喜欢动脑、动手，是绝大多数科学家的共性——瓦特也不例外。

一天，11岁的瓦特来到爸爸的工场，高兴极了。几位工人师傅正在认真地工作，他们看到他，都向他笑笑，向他打招呼。瓦特看到各种各样的航海仪器，手就痒痒起来，都要去摸一摸。尤其是那些精巧的模型，就像是大玩具一样，完全把他迷住了。他捧起这个看看，又捧起那个瞧瞧，恨不得把它们拆开来，仔细地看看里面的奥秘。

"弟弟，弟弟，"有位工人师傅看到瓦特真要动手拆，急忙跑过来，一面伸手从瓦特手里把模型抓过去，一面笑着说，"你想瞧瞧里面什么样子是不是？让我拆开来给你看好不好？"

"好，好！"小瓦特感激地望着他。

"小弟弟，你叫什么名字呀？"工人师傅一边拆一边跟他谈起来。

"詹姆斯·瓦特！"

…………

攀谈中，知道瓦特是因为有病，个子才比同龄人小。此时，他的爸爸心疼地说："唉，这孩子，叫他少动些脑筋，就是不听！"

"不动脑筋，也不是根治的办法，"还是妈妈最了解儿子，"人就是那么奇怪，有时候你要想少动些脑筋，可是事实上反而动得更多。"回家以后，妈妈这样对爸爸说。

这话说到瓦特心里了。此刻头痛刚刚缓解，他的脑子却又像陀螺一样地旋转起来。他想到了那些航海仪器模型，想到了工人师傅，想到了几何、三角；也想到了书房里的那些数学书、物理书和画报、图片，等等。

有一本叫《气学》的书，书上有许多图，瓦特最爱看了。其中有一张图，画的是一个像漏斗的东西，一些人在那里摆弄，太有趣了。瓦特琢磨了好一阵子，也不知道是个什么玩意儿，旁边的字，多数都不认识。

左思右想，实在没有办法，心想要是能跟爸爸妈妈一样，认识那么多字，该有多好！他突然想到了什么，对，问妈妈去。

妈妈告诉他说："这里是说，人们利用水蒸气的力量，可以推动小球旋转。"妈妈说着，还翻到前面看了看序言，"这本书，是一个埃及人希隆（Heron）在大约公元前 120 年写的呢！"

瓦特沉思了好一会，那个愿望是那么强烈地占据着他的心，他终于下定了决心，就向妈妈央求道："妈妈，我要上学！"

妈妈一听这话，心里不由得一阵心酸。可不是么，像瓦特这般大的孩子，都念三四年级了，而小瓦特却还没有上学。再这样下去，真要耽误孩子的前程了。可一想到他的头痛病，至今没有得到根治，心里又实在放心不下。为了这事，他们夫妻确实是烦透心了。

晚上，等小瓦特睡着以后，爸爸妈妈为了儿子上学这件事，商量了很久很久，最后横了横心，决定送小瓦特去上学。

小瓦特终于如愿以偿，进了格里诺克镇上的文法学校。一开始他就跳级，读二年级。对他来说，二年级的各科功课简直一点不费力呢。平时测验也好，学期考试也好，差不多门门功课都是满分。其中数学成绩最好，无论小考大考，每次都是满分。

小瓦特在班里，年龄虽然比别的同学要大两三岁，可是由于他身体虚弱，个子矮小，看起来一点也不比别的同学高。在学校里，他不仅由于学业成绩优异引起同学和老师的注意，而且他的习惯也是很特别的。比方说，别的同学一下课都到走廊上、院子里或者操场上玩去了，他却不，总喜欢跟在老师的身边，问这问那没个完。有的老师看到他这样好学，也乐于跟他交谈。可是体育老师觉得他体质差，就更应该多活动，有几次还特地打发几个同学主动去接近他，拉他一起玩，可是小瓦特就是不喜欢跟他们在一起玩笑打闹。有的老师为了让他在课余时间多活动活动，就有意避开他，结果他就独自一人坐在教室里沉思默想。有些同学还当他是成绩好，骄傲了，才不跟他们一起玩。有的同学索性给他取了个难听的绰号：有神经质的呆子。可是，小瓦特对于别人的取笑和捉弄，毫不介意，从不因此跟别人顶嘴怄气。

一天，瓦特被炉子上"呜呜"作响的水壶吸引住了。为什么水要烧开时会"唱歌"？为什么越烧"歌声"越高？为什么水快烧开时壶嘴就慢慢吐出白雾？为什么水烧开后会把壶盖顶起来，还吐出不少白雾？为什么壶盖会落下去，而且落下去以后又会被顶起来？难道里面有许多小人？

这时，瓦特突然想起了以前看过的《气学》书上的那张图来。嘿！对了，水蒸气的力量推动小球旋转和壶盖被顶起来，这不都是同样的道理么？是！是蒸汽的力量！

瓦特幼小的心灵，就感受到蒸汽的力量，成为他日后改进蒸汽机、发明新蒸汽机的萌芽，并最终成为"蒸汽机之父"。

一天，送信的叔叔给他带来了一个意外的好消息。妈妈接到了姨妈的来信，说在这个礼拜天，姨妈和表妹要来看望他们呢！

礼拜天终于来到了，瓦特和爸爸一样早早起了床。

吃过早饭，瓦特跑到门口看了好几次，总不见姨妈她们到来，心里有点着急。

忽然他想到有个数学题，老师说如果会用几何的方法去解，就非常方便了。对于几何，小瓦特在妈妈和爸爸的指点下，懂了一些，但还懂得不多，他很有兴趣，很想再学一学。他从爸爸工场里几位工人师傅那里知道，做什么仪器都离不开数学，尤其离不开几何，所以他下决心一定要把几何学好。

这样想着，瓦特就钻到书房里，翻那些厚厚的书去了。

姨妈和表妹玛格丽特终于到了，她们见到了正在张罗午饭的瓦特的爸爸妈妈，就问："詹姆斯呢？"

"不是在门口等你们吗？"

"没有啊！"表妹又跑到门口去看了看。

"院子里呢？"

"也没有。"

"早上一起床，就在念叨你们了。"瓦特的妈妈放下盆子说，"这孩子，大概又钻到书房里去了。"

"钻到书房里去做什么？做功课吗？我去瞧瞧……"姨妈拉着女儿去找瓦特。

"詹姆斯！詹姆斯！"姨妈高声喊着，不见有人答应，书房门关着。

表妹敲敲门，还是没人答应。

"我说哪会有这么上心的孩子，这么好的天气，竟会把自己关在书房里做功课！"姨妈嘴里嘀咕着，随手把门推了推，没想到门一推就开了。

"表哥！表哥！"玛格丽特眼尖，一眼就看到了蹲在地上的小瓦特。

"詹姆斯！詹姆斯！"姨妈也喊起来。她还没有看到瓦特，因为她的眼睛只向书桌那边看。

"表妹，姨妈，你们好！"瓦特见她们走进书房，连忙向她们问好；但他仍然蹲着，拿着支粉笔，又埋头在地板上画着、写着。

玛格丽特甩开妈妈的手，奔到表哥跟前，也蹲下来，看着他写。

姨妈走近瓦特身边看，只见他在地板上乱七八糟地画了些三角形和圆圈什么的，就直摇头，很不以为然地说："詹姆斯，你在干什么呀？干干净净的地板，弄得这么脏，你怎么这样不爱干净！"

瓦特看看表妹，见她打扮得非常漂亮，金色头发上扎了两只湖蓝色的蝴蝶结，身上的衣裳裙子花花绿绿的，更像只大蝴蝶了。他听到姨妈的责备，向表妹挤挤眼，两个人会意地笑笑，瓦特又埋头在地板上写起来。

这时，瓦特的妈妈也到书房来了。姨妈转身对她说："你看看你的宝贝儿子，还说在书房里做功课呢！瞧瞧，地板上给你涂得……又够你半天擦的了。"

瓦特的妈妈走过来瞧了瞧，她一看就知道是怎么回事，所以没有作声。玛格丽特忍不住了，对她妈妈嚷起来："妈妈，您瞎说什么呀！表哥他是在做数学题！"

"玛格丽特说得对，詹姆斯是在做数学题，"小瓦特的妈妈解释道，"他每天都这样，地板就让他当大黑板！"

瓦特和表妹听了都笑起来。

"教皇"疯跑为哪般
——费米这样做实验

1934年的某一天，一位西班牙学者来到罗马大学物理研究所——他要求见费米阁下。

费米

有个工作人员告诉他："'教皇'在楼上。"来者被弄糊涂了，一时不知说什么好，呆站在那里。看见这个情景，工作人员连忙补充说："别误会，我说的是费米。"

尽管作了补充，那位来访者还是懵懵懂懂的，不知道咋回事。他哪里知道，费米的"教皇"绰号是这里的同事取的，因为研究所上上下下都认为，"在费米身上，总不会有错误发生，相信费米，就像相信罗马教皇一样"。

经工作人员指点，来访者来到了二楼。正好碰上了两位穿着灰色肮脏实验工作服、正在疯跑的人。可一眨眼工夫，两人都不见了。此时连问路的人也没有，他只得到处乱找。

什么也没找到。来访者很无奈，就又回到二楼，只见那两人又在狂奔，手里还拿着奇怪的东西。当他再次看见两人疯跑时，赶忙冲上前发问："先生，请告诉我，费米阁下在哪里办公？"

其中一位比较年轻的对同伴说："恩里科，有人找您。"

比较年长的说："跟我来。"

可他们的脚步却一直没有停下，来访者也只好跟着跑。

接着，来访者终于明白了，这位比较年长的疯跑者，就是大名鼎鼎的"教皇"——恩里科·费米（1901—1954），而比较年轻的，则是他的助手阿玛尔迪。

那么，费米和阿玛尔迪为什么要来回在楼上狂跑呢？

原来，他们在做一个有关中子的放射性的实验。他们携带的物质刚被楼房这一端的中子放射源照射过，需要抢在放射性消失之前，把它送到楼房另一端的盖革计数器去检测。盖革计数器是一种能计数微观粒子的仪器，由德国物理学家盖革（1882—1945）和英国物理学家卢瑟福（1871—1937）在1909年初步制成（用于探测 α 粒子）；后经多次改进，最终在1928年由盖革和他的学生弥勒（1905—1979，出生在德国，后来移居美国）改进成型（可用于探测所有的电离辐射），所以也叫盖革 - 弥勒计数器。

那又为什么不把盖革计数器放得离放射源近一点呢？这是由于当时没有找到有效的屏蔽方法，中子放射源离计数器近了，就会影响计数器的精确度。

就在这枯燥、乏味地疯跑了几个月后，1934年10月的一天上午，费米小组的阿玛尔迪、蓬泰科尔沃等，在用中子源放出的中子打击银圆筒做放射性实验时，蓬泰科尔沃第一个观察到一个奇怪的现象：把银圆筒放在铅盒的中央和一角时，银的放射性有明显的差异。

他们被这一现象难倒了，就把它告诉了费米和拉赛蒂等人。

费米小组的佛朗哥，倾向于把这种异常现象归咎于统计错误和测量不准，但随后几天他们却又发现了类似的更多的怪现象：装着放射源的银圆筒周围的东西似乎都会影响银的放射性。例如，银圆筒在被中子辐照时，放在木桌上其所产生的放射性就比放在一块金属桌上更强。这些怪现象激起全组人员的兴趣。金属是重物质，那么轻物质有没有这种怪现象呢？费米建议用轻物质做实验，最后选中了石蜡。

1934 年 10 月 22 日早上，他们把中子源放在用一大块石蜡挖出的洞里，再来辐照银圆筒，也用盖革计数器计数。他们立即发现，计数器发疯似地"咔咔"响着。石蜡竟把银的感生放射性提高了 100 倍！

霎时，物理楼的几个大厅响彻了惊呼声："不可想象！没法相信！见鬼了！"

这一偶然发现的奇特现象如何解释呢？为什么石蜡阻挡中子后再辐照银时，会使银产生更强的放射性呢？费米经过周密研究和思考，终于提出对这一奇特现象的理论解释：石蜡里含有大量的氢，氢核就是质子，是具有与中子基本相同质量的粒子。当中子源被封在石蜡块里时，中子在到达银原子之前就击中石蜡中的质子。中子在与质子碰撞时，就失去一部分能量，其方式正如台球击中另一个和它同样大小的台球时，运行速度就会慢下来一样。一个中子在从石蜡中出来击中银之前，将会与许多石蜡中的质子碰撞，因此它的速度就会大大减低。这种慢中子将比快中子有多得多的机会被银原子所俘获，就像一个飞快的高尔夫球可能从球洞上跳过去，而一个滚得慢的高尔夫球却更容易进入球洞一样。

如果费米的解释是正确的，那么任何含氢成分多的其他物质都应具有与石蜡相似的效果。这使费米想到水含的氢也很多，他心想：我们试试看，数量可观的水对银的放射性会有什么样的影响。

要找"数量可观的水"，没有比实验室后面参议员柯宾诺（1876—1937）花园里的金鱼喷池更好的地方了。于是，在 10 月 22 日下午，费米等人就把中子源和银圆筒飞速送到水池旁，放在水下，进行中子轰击银圆筒的实验。结果证实了费米的理论解释：水把银的人工放射性增加了许多倍。这就是著名的、被称为"现代科技史上最动人、最有诗意"的"金鱼池实验"。

当天晚上，他们聚集在阿玛尔迪家写第一篇报道，这是一封写给《科学研究》杂志的信。由费米口述，埃米里奥记录、吉妮斯特拉打字。后来，费米用慢中子（能量小于 1 电子伏的中子）打击天然铀，发现了铀的嬗变。

1938 年 11 月 10 日，瑞典科学院秘书在电话里宣读了当年的诺贝尔物理学奖："……授予罗马大学恩里科·费米教授（一人），以表彰他认证了由中子轰击所产生的新的放射性元素，以及他在这一研究中发现了由慢中子引起的核反应。"

慢中子的发现，使人们有了轰击元素的又一有效武器。1942 年 12 月 2 日，费米等在美国首次建成了可以控制的核裂变反应装置即原子反应堆，苏联于 1954 年 6 月首次建成了原子能发电站。

"母亲"为何被"儿子"暗害
——痴迷炼镭的居里夫妇

19和20世纪之交，巴黎一间破旧、矮小的贮藏室里，有一对"把个人利益愉快地置之度外"的年轻夫妇。

实验室中的居里夫妇

德国化学家奥斯特瓦尔德（1853—1932）这样描述这个小贮藏室："看那景象，竟是一所既类似马厩，又宛如马铃薯窖的屋子，十分简陋。"

男的把废矿渣一批批地放进大铁锅，女的手里拿着和她身体几乎一样高的铁棒不停地搅拌。低矮、炎热、潮湿的"工棚"内弥漫着有毒、呛人的烟雾，他们的眼睛、喉咙被呛得刺痛，浑身尘烟、汗水混合……

他们是谁？在干什么？为什么在这里干？

1896年5月18日，法国物理学家贝克勒尔（1852—1908）公布了他的新发现——铀盐没有光照也会自动放射出一种性质不明的射线。这种现象还没有人发现过，也没人能解释它。后来，人们才知道，这就是铀的放射性。

1897年冬，一对年轻的夫妇决心解开这个"贝克勒尔射线"之谜，他们就是居里夫妇。

在解开这个谜的过程中，居里夫妇于1898年7月的一天，宣布在不纯的铋中发现了一种新元素，它的放射性比此前的铀元素强400

倍。法国的居里夫人没有忘记她饱经磨难的祖国波兰（Poland），就把这种元素取名为"钋"（Po，是 Poland 的缩写）。同年 7 月 18 日，他们把这一发现提交给法兰西科学院。

5 个月后的 1898 年 12 月 6 日，居里夫妇又在《论沥青矿中一种放射性很强的新物质》中，宣称发现了第二种新元素"镭"——它的放射性比钋更强，是铀的 900 倍。

你说发现了镭，但谁也没见过实物，也不知道它的原子量。人们要"眼见为实"，才会接受居里夫妇的理论。于是居里夫妇决心提炼较多的镭。

要想得到含量十分稀少的镭，就得在实验室里提炼大量的沥青铀矿石，但居里夫妇长期没有合适的实验室，于是只好"黄牛当马骑"——在前面提到的那间破旧、矮小的贮藏室里干！为了少花钱，他们在罗斯柴尔德家族的帮助下，从奥地利波希米亚的铀矿搞来了 10 吨廉价矿石残渣——废沥青。

关于上述"没有合适的实验室"的解释是，居里夫人的丈夫皮埃尔·居里（1859—1906），始终没有得到他俩梦寐以求的、合适的实验室，就在 1906 年 4 月 19 日他不幸被载着 6 吨重货的马车当场撞死。直到第一次世界大战，法国政府才为夫妇俩渴望已久的实验室拨款，但直到战后实验室才建成。迟到的实验室仅在居里夫人最后的科学研究已不太活跃的 10 多年里得到使用。

没有休息，没有停顿。历时 45 个月的又一轮艰难提炼——成千上万次的"结晶"开始了。于是有了前面炎热、潮湿的"工棚"内的那一幕。这个"成千上万次"是什么概念呢？每提炼 1 克氯化镭，要用 100 吨废矿渣、100 吨液体化学药品、90 吨固体化学药品、800 吨水……

真的，"这是生活，可不是闹着好玩"（涅克拉索夫）。

常人愿意到那"工棚"去呆 1 000 多天吗？那是看不清收获的 1 000 多天哪！

常人敢于到那"工棚"去呆 1 000 多天吗？那是会威胁生命的 1 000 多天哪！

于是"实验室"里传出了居里夫人小时候和爸爸一起朗诵过的诗歌：

竖琴不是为你奏响，

军刀、铁矛和利剑

也不是为你锻造。

只有无休止的劳累，

那才是你大脑的粮食

和灵魂的面包……

1902 年春——离 1897 年冬已过 4 年多，居里夫妇终于在 10 吨废沥青矿中，提取出 0.12 克纯净的氯化镭！居里夫人立即把它送到法兰西科学院的德马尔赛那里，请他检验。8 年以后，居里夫人在 1910 年得到了纯金属镭，第二年就独享诺贝尔化学奖。

"她一生中最伟大的科学功绩……所以能取得，不仅是靠着大胆的直觉，而且也靠着难以想象的极端困难情况下工作的热忱和顽强。这样的困难，在实验科学史中是罕见的。"1935 年 11 月 23 日，爱因斯坦在纽约罗里奇博物馆为居里夫人举行的追悼会上，在《悼念玛丽·居里》的讲演中这样说。

是"血汗浇来春意浓"——1903 年，居里夫妇因为对贝克勒尔发现的放射性现象的共同研究，和贝克勒尔共享诺贝尔物理学奖殊荣。当然，居里夫妇对名誉并不看得特别重。

当时，人们对放射性对人体的危害一无所知，因此没有人采用当今人们常用的各种防护措施，加之居里夫妇长期工作在艰苦的条件之中，身体饱受射线和繁重体力劳动之害。在提炼镭的过程中，射线一刻不停地伤害着居里夫人的身体。45 个月下来，居里夫人体重减轻了约 20 磅（约 9 千克），夫妇俩都得了难以诊治的怪病。居里夫人因身体变差使视力极度下降，做了两次治疗白内障的手术，最终体衰力竭，仅活了 67 岁就死于因射线引起的恶性贫血。

长期有害辐射对居里夫人的"包围"是如此残酷，以至她的大女婿弗雷德里克·约里奥（1900—1958）在检查她遗下的实验册、书籍以及家中用过的菜谱时，都发现了强烈的放射性污染。居里夫人死了50年以后，仍然有人测到放射线从上述文献中逸出。

居里夫人（和他的丈夫）因为发现镭，被大家称为"镭的母亲"。可是，这位"母亲"却被 "儿子"暗害而死——医生在报告中写道："她的病是一种发展很快的恶性贫血，骨髓已不起反应，很可能是由于长期受到辐射引起的病变。"

正可谓：只有"为伊消得人憔悴"，才能看见"那人却在灯火阑珊处"。

就餐的贵宾为何迟到
——居里夫人进壁橱

梅洛尼夫人

1920年初，居里夫人在一位好友亨利·皮埃尔·罗歇（1879—1959）的撮合下，打破了"除了提供技术信息，对新闻界一概不接待"的惯例，在她工作的镭研究所实验室那间小而简陋的会客室里，会见了美国女记者威廉·梅洛尼夫人（1878—1943）。罗歇是法国知名记者、艺术品收藏家，也是位作家——曾以于1953年出版的小说《儒尔和吉姆》（*Jules et Jim*）红遍欧洲。

走路有点瘸的梅洛尼夫人，婚前名玛丽·马丁利·梅洛尼，是美国一家著名杂志《写真》的主编，也是在美国很有名气的大记者。

"门打开了，我看见一个苍白而胆怯的小女人（居里）身着黑色棉质连衣裙，露出了我曾经看到过的最悲哀的一张脸。她善良、耐心，美丽的脸庞有一位学者的表情。"梅洛尼夫人在罕见地与居里夫人会面之后的"访谈录"中说，"突然间，我感觉自己像个入侵者。我的胆怯超过了她自己。我曾经是一个受过二十年训练的访谈者，但我无法借助于黑色棉质连衣裙问这位温柔女子问题。我试图解释说，美国妇女对她的工作感兴趣，并且我应该为占用了她的宝贵时间而道歉。"

由于这次相见，促成了居里夫人的美国之行。她要去接受美国千百万妇女捐款购买的 1 克镭——由于居里夫妇俩主动放弃了提炼镭的专利，她的实验室买不起当时贵达 10 万美元 / 克的镭供科学实验使用。发起这次募捐的就是梅洛尼夫人。

1921 年 5 月 4 日，居里夫人带上两个女儿——伊雷娜·约里奥·居里（1897—1956）、伊芙·丹尼斯·居里·拉布伊斯（1904—2007），乘白星轮船公司的"奥林匹克"号离欧去美。除了到白宫接受由美国总统（1921—1923 在任）沃伦·盖玛利尔·哈定（1865—1923）代表美国赠予的那 1 克镭，还要从东到西穿越美国，沿途参观各著名大学、实验室；出席宴会，接受 19 个名誉头衔和 4 个奖章；也要为各妇女组织演讲和在学术团体做学术报告……

在乘船赴美途中的一天，大伙儿在餐厅里等居里夫人一起吃饭，但作为贵宾的她却迟迟未到，大家只好派一位姑娘特意跑去找她。

这位姑娘找来找去，最后发现居里夫人正在座舱的壁橱前呆立着，好像在寻找什么，而壁橱里面的灯亮着。原来，她按照自己随手关灯的老习惯，离开座舱时要把舱内的灯全部关掉——她在找开关。

蹊跷事来了——舱内舱外都找遍了，却怎么也找不到这盏壁橱灯的开关！居里夫人费尽心思但又束手无策，只好呆站在那里冥思苦想，所以才迟迟未去吃饭。

姑娘告诉她说："壁橱的门关上，里面的灯就自动灭了。"

姑娘的话使她极感兴趣。不过，居里夫人并没有立即相信，坚持必须通过实践检验才能接受这种说法——她要亲口尝一尝梨子的滋味。她从各个侧面观察着这个壁橱，不肯离去。姑娘怎么说都没有用。怎么办呢？

居里夫人

109

"进到壁橱里面去，再把门关上，亲眼看一下灯光是否会自然熄灭。"当居里夫人从壁橱里面走出来的时候，就带着满意的笑容，高高兴兴地吃饭去了。

一个未知现象——有时似乎应该不屑一顾——引起好奇心，接着寻找原因，通过试验或实验检验原因，这就是认识的整个过程。像居里夫人这样的佼佼者，当然深谙此道，必定会这样做。

一个多月以后的 1921 年 6 月 28 日，居里夫人结束了美国之行，在美国西海岸的"奥林匹克"号上，依依不舍地辞别梅洛尼夫人，踏上了归国之旅……

"等一等，再等一等"
——汤姆森为何晚婚

学过物理学的人都知道，电子是英国物理学家约瑟夫·约翰·汤姆森（1856—1940）发现的，但他晚婚的事，知道的人就不多了。

1856 年 12 月 18 日，汤姆森出生在英格兰的兰开夏郡曼彻斯特郊区的彻沙姆（Cheetham Hill）。他的父亲是苏格兰人，幼年因家境贫寒，中途辍学，在外谋生，曾在街上卖过报纸、摆过书摊，后来成了一名小有名气的书商。他深知缺乏知识的痛苦，于是不惜花钱聘请家庭教师来辅导儿子的学业，使汤姆森从小就打下了坚实的基础。汤姆森天资聪颖，勤奋好学，14 岁那年就进入欧文斯学院——今曼彻斯特的维多利亚大学学习。

1876 年，因成绩优异，20 岁的汤姆森被保送剑桥大学三一学院深造。在这所世界著名的高等学府中，汤姆森像海绵吸水般如饥似渴地刻苦求知。在学习的第二年，他就在每年一度的数理大赛中夺得第二名。四年后，他获得剑桥大学三一学院文学学士学位。在 27 岁那年他被选为皇家物理学会会员。1884 年，才 28 岁的他就主持世界闻名的卡文迪许物理实验室工作，直到 1919 年被卢瑟福（1871—1937）接替。

在剑桥求学期间，年少英俊的汤姆森邂逅了医生、学者乔治·爱德华·佩杰特（1809—1892）勋爵的千金——露丝·伊丽

约瑟夫·约翰·汤姆森

莎白·佩杰特（1860—1951）小姐。露丝
小姐对他一见钟情，两人立即坠入爱河。

汤姆森始终痴迷于学业、事业，夜以
继日地埋头在卡文迪许物理实验室。深爱
着他的露丝小姐实在耐不住寂寞，提笔写
信请求他，是否挤出一点时间来筹办两人
的婚事，但是露丝小姐收到的回信是，要
她"等一等，再等一等"。

乔治·爱德华·佩杰特

志存高远的汤姆森请露丝小姐在他事
业有成之后再举行婚礼。就这样，露丝小姐一直等到1890年，已是
34岁的"大龄青年"汤姆森，在荣获英国亚当斯物理奖之后，才举
行了隆重盛大的婚礼，而他们对爱情、事业的执着，也传为美谈。

婚后，两人过着美满幸福的生活。1897年，汤姆森发现了电
子——人类发现的第一个亚原子粒子，最先打开通向基本粒子的物理
学大门；他的《电与磁的现代研究》一书，被学术界誉为"麦克斯
韦"第三卷；1903年写成的《气体的电行为》一书，被当时的物理
学泰斗瑞利（1842—1919）盛赞为卡文迪许实验室有史以来最杰出的
成就。因为这些成就，汤姆森独享了1906年诺贝尔物理学奖。

他俩的独生子乔治·佩杰特·汤姆森（1892—1975）也是一位杰
出的物理学家，是1937年诺贝尔物理学奖的两位得主之一。他俩还
有一个女儿——琼·佩杰特·汤姆森（Joan Paget Thomson）。一个多
么幸福的家庭！

1905年，汤姆森被任命为大不列颠皇家研究院自然哲学教授；
1908年被封为爵士；1918年任剑桥大学三一学院院长，直到1940年
8月30日辞世。

当然，像汤姆森这样晚婚的科学家并非绝无仅有。

举世闻名的达尔文（1809—1882）和他的表姐埃玛·韦奇伍德
（1808—1896）于1839年1月29日在梅庄教堂举行婚礼时，达尔文

接近 30 岁, 埃玛接近 31 岁。

第一个荣获诺贝尔生理学或医学
奖的俄国科学家（在 1904 年）, 也是
世界上第一个获此殊荣与第一个独享此
殊荣的生理学家——巴甫洛夫（1849—
1936）, 在 32 岁时的 1881 年 5 月 1
日, 才和塞拉皮玛·瓦丝里耶维娜·卡
尔捷夫斯卡娅（Seraphima Vasilievna
Karchevskaya）喜结连理。

达尔文

以发现中子闻名于世的英国物理学
家查德威克（1891—1974）, 在 34 岁"高龄"的 1925 年 8 月, 才与
利物浦的艾琳·斯图尔特·布朗（Aileen Stewart-Brown）小姐成为眷
属。

大名鼎鼎的居里夫妇在 1895 年 7 月 26 日结婚时, 皮埃尔
（1859—1906）36 岁, 居里夫人（1867—1934）也接近 28 岁了。

而闻名遐迩的中国科学家钱学森（1911—2009）和蒋英（1919—
2012）在 1947 年夏结为伉俪时, 分别是 36 岁和接近 28 岁。

当然, "天外有天", 有的科学家痴迷、献身科学事业, 还
终身不娶或不嫁呢! 这串长长的名
单中有: 牛顿、莱布尼茨（1646—
1716）、哈代（1877—1947）、图灵
（1912—1954）、吉尔伯特（1544—
1603）、惠更斯（1629—1695）、卡文
迪许（1731—1810）、特斯拉（1856—
1943）、冯·卡门（1881—1963）、波
义耳（1627—1691）、诺贝尔（1833—
1896）、孟德尔（1822—1884）、阿
蒙森（1872—1928）、希帕蒂娅（约

埃玛·韦奇伍德

113

370—415）、卡罗琳·柳克丽霞·赫谢尔（1750—1848）、艾米·诺特、巴巴拉·麦克林托克（1902—1992）、丽塔·莱维·蒙塔尔奇尼（1909—2012）、詹姆斯·巴里（1795或1797—1865）、南丁格尔（1820—1910）、林巧稚（1901—1983）、林兰英（1918—2003）……

必须说明的是，这里提到的科学家中的一部分，是因为当初恋爱"失败"或一直没有"意中人"而开始独身的，后来忙于事业就无暇再顾及了。我们并不提倡终身不娶（或不嫁）；相反，倒是觉得应该在那"花样年华"时去"爱我所爱，无怨无悔"，进而建立幸福美满的家庭，生儿育女，并继续"为着理想勇敢前进"……

对于那些只占极少数的、为着人类高尚理想奋斗而独身的人，我们仍然尊重他们的选择，而且依然对他们充满由衷的敬意——像对结婚而且为人类高尚理想奋斗的更多的人一样。谁叫我们的世界是五彩斑斓的呢？

不称职的马倌
——少年牛顿"小呆子"

　　"咳，这么一个小不点，我简直可以把他塞进一个杯子里去！"1643年1月4日，英格兰林肯郡格兰瑟姆区伍尔斯索普（Woolsthorpe）镇一个中等农户之家的接生婆这样惊呼。

　　这一天正是英国儒略历1642年12月25日圣诞节，但这也没给刚入人世的牛顿带来任何好运。他是一个遗腹子，从来没有看到过父亲的模样——父亲在牛顿出世前三个月就离开了人世。这样，抚育牛顿的重担就全部落在母亲的身上。早产的牛顿出生时身体非常虚弱瘦小，仅有3磅（约合1.36千克），为正常婴儿的1/4~1/3，可以放进一个1夸脱（夸脱quart是英制体积单位，历史上有多种体积不一的夸脱，但1夸脱都在1升上下）的小杯子。然而，在母亲汉娜·艾斯库（1623—1679）的精心照料下，似乎不能长大成人的牛顿却奇迹般地活下来了，但人们都说他是"低能儿"。

　　牛顿的出身是"富农"，他寡居的母亲每年大致有700英镑的纯收入，拥有一座庄园。而当时普通农户家庭的年收入不过几十英镑，被国王封为骑士的贵族阶层，年均收入也只有600英镑。本来年收入

牛顿出生地伍尔斯索普庄园及其中的苹果树

200英镑的家庭就雇得起四个佣人，还有专用马车，但是由于激烈持久的内战，即使是牛顿家也说不上富裕。

牛顿两岁多的时候，他的母亲在别人的劝说下改嫁他乡，他只好由他的外祖母和当牧师的舅舅威廉·爱斯库（William Ayscough）抚养。

牛顿幼时并不聪明，由于没有温暖的家庭，他的性格孤僻内向，非常腼腆，胆小怕事。

牛顿上小学时，除了数学，各科成绩都不好，老师也不喜欢他。不过，他从小就有灵巧的双手和自己的"业余"爱好。他自己花钱买了木工用的锯、斧、锤等，做了诸如风车、风筝、日晷、漏壶等精巧的玩具机械，经常得到一些同学和邻居的赞许。此外，他还有出众的绘画才能，不仅能绘制精确的技术图样，而且也能用木炭出色地画出花卉和动物。有时，他还一个人呆呆地坐在苹果树下冥思苦想。

一次，牛顿仿制了一座风车模型，并试着测量风的能量有多大。当然，这些活动掺杂着幼稚的童心。他在风车模型里放进一只老鼠，让它当"磨坊主"。他在设计风筝时，尝试着计算了牵引力，而且还把点燃的灯笼系在绳子上，让它随着风筝一起飞向天空，这让村民以为这是一颗新的彗星而吓了一跳——那时，人们认为彗星出现是不祥之兆。

也许少年牛顿又在这棵苹果树下……

12岁那年，牛顿被送进格兰瑟姆镇的文科中学——金格斯中学读书，在那儿共读了4年。少年牛顿和那些喜欢打打闹闹的孩子不太合得来，他更乐于和斯文的女孩子们在一起。他学习成绩并不太好，由于他时常醉心于一些小发明，因而上课时难免分心，以致对老师提的问题答非所问，所以牛顿就得到了"小呆子"的绰号。

13岁时，牛顿做了一只精巧的水车，和同学们一起到附近的小河试验，水车在河水的冲击下成功地转动起来，大家拍手叫好。但一个成绩优秀的同学却找碴问牛顿，为什么水车会转动？牛顿答不上。这时，这个同学就骂牛顿是"笨蛋"，是"蠢木匠"，一些同学也跟着起哄。其中有个大个子还踢了牛顿一脚，水车也被打坏了。此时，平素胆小温和的牛顿被激怒了，他猛然向那个大个子冲过去，并把他打倒在地。

从此，他发奋读书，很快在全班名列第二，并成为全校的佼佼者。当然，我们在这里绝不是提倡或赞成用武力解决同学之间的矛盾。

牛顿在城里上学，回家的时候，他常常手牵马缰绳在山野里看很长时间的书，由于看得入了迷，有一次竟忘了骑马，一路看着走回家。至于像忘记吃饭这样的事，他身边的人则早已司空见惯，连仆人都懒得去提醒他。他只要醒着就思考，有时在街上、园中散步，突然转身就往回跑，站在书桌边哈着腰趴着写些什么，甚至忘记拉一把椅子坐下来写。

然而，读中学不到两年，牛顿的继父就在1656年去世了。再婚后的母亲第二次成为寡妇，带着三个（一子二女）二婚后生的孩子回到伍尔斯索普镇。

为了维持全家生计，在读中学二年级时，牛顿被叫回自己的农庄帮助料理各种农活。母亲几乎已下定决心让牛顿待在庄园里，把他培养成一个农民。他也曾请妈妈教他种庄稼，可是他完全给学习"迷住"了，总是思考问题，干起活来总是入不了门，因此母亲的愿望终于没能实现。尽管牛顿不拒绝把家庭义务担当起来，但他对农活毫无兴趣，于是精神上的兴趣和干农活之间的冲突越来越激烈。

就这样，14岁的牛顿成了一个不称职的马倌和牧牛娃。

有一次妈妈让他去喂鸡，他欣然接受，可他一见鸡窝，就一味琢磨改这改那，却忘了关鸡窝的门，小鸡都跑进地里，把小苗吃光了。

在放牧时，他仍不忘读书，以致一次次让羊跑得无影无踪。有一次，他外出放羊，等舅舅爱斯库在灌木丛中找到他时，他正在那儿看书，而羊群却早已踪影全无。一次牵马外出，马早已脱缰而逃，而专心致志思考问题的牛顿却全然不知，拉着空缰绳仍前行依旧。

在一次多年罕见的暴风雨侵袭英国的时候，天空一片漆黑，猛烈的风暴摇晃着家里的房屋，屋子仿佛要倾倒了似的。可是牛顿却为了要了解风力，冒着狂风暴雨来到后院，先是顺着风拼命起跳，接着又迎着风拼命起跳，然后又侧身向着风起跳，并且还把斗篷扣子打开，兜着风跳。每跳一次，就量一下距离。他这"不务正业"，招致满身湿透，当了"落汤鸡"。

就这样折腾了两年之后，牛顿的母亲终于认识到孩子的兴趣和长处都不是务农。对这样渴望学习的孩子，牛顿家的大人担心强迫他干农活会使他变成一个疯子，加上牛顿的学习精神感动了舅舅爱斯库，于是在爱斯库和金格斯皇家中学校长亨利·斯托克斯（Henry Stokes）的劝说下，母亲于 1658 年同意牛顿回格兰瑟姆复学，准备报考大学。

牛顿第二次来到格兰瑟姆时，住在一个药剂师家里，药店的气氛使他从小就养成的爱科学、爱读书的习惯得到了巩固。当时的药店本身就是一个真正的化学实验室，牛顿在这儿学会了做化学实验。此后，化学实验在他的一生中就从未中断过。

在苦读三年之后，在舅舅爱斯库和校长斯托克斯的推荐下，牛顿于 1661 年 6 月 5 日以"减费生"身份考入剑桥大学三一学院……

最终，我们看到了那个被安葬在威斯敏斯特大教堂内的牛顿。18 世纪英国最伟大的诗人亚历山大·蒲柏（1688—1744），为他写下了墓志铭："自然与自然的定律，都隐藏在黑暗之中；上帝说'让牛顿来吧！'于是，一切都变得光明。"

剑桥大学三一学院

煮鸡蛋 = 煮怀表
——成年牛顿痴迷依旧

"牛顿把怀表给煮个半熟。"在剑桥大学三一学院，这个"花边新闻"不胫而走。

这是怎么一回事呢？

"瞧您，到现在还没吃饭。桌子上有几个鸡蛋，您自己煮一煮吃吧。"给牛顿做饭的老太太有事要出去一趟，走之前她这样对牛顿说。她怕痴迷科学研究的

牛顿在煮怀表，还是在煮鸡蛋？

牛顿忘记关火，煮个没完，把鸡蛋煮老了，特意要出他的怀表放在鸡蛋旁，可以让他看着时间煮。

可是，当老太太回来一看，鸡蛋还在原处没动——怀表却在水里煮着，而牛顿正站在一旁聚精会神地计算着什么。

1668年，牛顿在剑桥大学三一学院获得硕士学位，并留校工作。1669年10月，经老师巴罗（1630—1677）让贤和推荐，牛顿接任了巴罗的"卢卡斯数学讲座"教授的职务，任这一职务达26年。从此，年仅26岁的牛顿就成了剑桥公认的大数学家。此后，他在这里从事教学和科研工作。直到1693年，牛顿的神经官能症日渐严重，在朋友的规劝下他暂时离开了剑桥。1695年病情有所好转之后，牛顿就彻底辞去了剑桥的职务，在哈利发克斯爵士的推荐下当了

造币局督办，后来当了造币局局长。

在剑桥的 34 年，是牛顿刻苦钻研的 34 年。他为了研究数学、天文学、光学和力学，绝大部分时间都在实验室里度过，每天他都工作十七八个小时。有时为了验证一个设想，他呕心沥血，通宵达旦地工作，直到有了效果才肯罢休。他醉心于科研几乎达到了废寝忘食的地步。

有时，牛顿刚要起床，忽然想起研究中的一个问题，就呆呆地坐在那里思考起来，一两个小时过去了，直到有人提醒他，他才回过神来。

有一次，牛顿请一位朋友吃饭，席间想起自己还收藏有一瓶好葡萄酒，于是就让朋友等着自己去拿。可那位朋友等了好久，也不见牛顿回来，只得跑去看看。原来，牛顿又在实验室做起了他的实验，早把取酒的事给忘得一干二净了。

又有一次，他的朋友来访，他让这位朋友等着。可是，这位朋友等了好久也不见他回来，而肚子确实饿了，看到桌上给牛顿准备的早点，就不客气地吃了。时近中午，牛顿才从实验室里出来。当他看到餐桌上杯盘狼藉时，就说："我真是个傻瓜，还以为我没吃早饭呢，原来已经吃过了。"引得那位朋友捧腹大笑。

"他很少在夜间两三点钟以前睡觉，有时一直要工作到清晨五六点……特别是春天或落叶的时节，他常常六个星期不离开实验室，不分昼夜，灯火是不灭的，他通夜不眠地守过第一夜，我继续守第二夜，直到完成他的化学实验。"牛顿这样描述牛顿。这里，前一个牛顿是 H. 牛顿，他是后一个牛顿——我们熟知的"科学大腕"艾萨克·牛顿的助手。

1687 年 7 月，《原理》出版后，正当中年的牛顿，科学热情更加高涨。有一次，他强迫自己到剑桥附近一所幽静的旅舍稍作休息。但他怎么也安静不下来，整日用麦秆吹肥皂泡，观察肥皂泡薄膜的颜色。这竟引起店主的疑惑：这是多么古怪的客人啊，一位快 50 岁挺体面的先生，竟然整天像孩子一样吹肥皂泡！

牛顿的实验笔记中有 108 处记载着他尝过的各种物质的味道，这使牛顿留下了慢性中毒的病根。据 20 世纪 80 年代的考证，特别是对保存了 200 多年的牛顿的四束头发的化验表明，牛顿的身体中含有过量的铅、汞和锑，说明慢性金属中毒是他死亡的重要病因。

1692 年，一只小猫（一说爱犬）碰倒了牛顿书房里的一支蜡烛，引起了火灾。这场有名的大火烧掉了牛顿的许多珍贵文稿，特别是他 20 年来的光学手稿毁于一旦，更使他悲痛欲绝，一度心灰意冷。这再次损害了他的健康，使他患上了神经官能症。先天不足的牛顿长期辛劳，晚年又不幸患上胆结石、膀胱病和风湿病，这些疾病使他的身体状况更是雪上加霜。这些沉重打击并没有使他的斗志稍减，在经过一段时间的心理调整之后，他仍然痴迷光学，继续进行他的光学研究，从事他的光学奠基之作《光学》的写作。最终《光学》在 1704 年得以出版。

《光学》推迟到 1704 年才出版的主要原因是，多年来，牛顿和胡克等人在光学等问题上有激烈的争论，为了回避引起新的争论，再次产生不快，该书等到 1703 年胡克死后才出版。

…………

牛顿终于以自己对于科学研究的执着，达到了当时科学研究的最高顶点。诚如牛顿自己说："我的成就当归于竭力的思索。"

他用"静坐"待客
——卡文迪许的"省时妙方"

你知道第一个"称"地球重量的人吗？

他不是别人，而是英国物理学家、化学家——科学怪杰亨利·卡文迪许。

在科学界，无人不知卡文迪许实验室。它是为了振兴英国19世纪后半叶的物理学，由剑桥大学校长、第七代德文郡公爵威廉·卡文迪许（1808—1891）倡议和出资于1871—1874年兴建的。

亨利·卡文迪许

因纪念第四代德文郡公爵家族成员——他的近亲亨利·卡文迪许（1731—1810，以下简称亨利）而命名。它是近现代第一个重要的基础科学的集体科研中心，也是英国第一个公立的物理实验室和世界上第一个物理学科研机构。

1731年10月10日，亨利出生在法国南部的尼斯——他的母亲安妮·格雷（Lady Anne Grey）彼时正在那里休养。他的父亲查尔斯·卡文迪许（1704—1783）勋爵，是德文郡第三代公爵威廉·卡文迪许（1698—1755）的兄弟，母亲也是公爵的后代，所以他的家庭钱财很多。

亨利两岁时失去母亲，由父亲带大。1749年，18岁的亨利进入英国剑桥的圣彼得学院求学，后来一直与父亲居住在伦敦。他能进入科学殿堂，这得归功于他慈父的引导。他的父亲是一个杰出的实验家，也是当时英国皇家学会的重要人物之一。他的实验技巧非常卓越，备受当时美国科学大师富兰克林的赞扬。他支持儿子的科学爱好，自己的仪器设备任凭儿子使用。

卡文迪许父子俩过着相当俭朴的生活，把精力和金钱全部投入到科学之中，并以此为乐。亨利40岁时先后获得了父亲和姑母的两大笔巨额财产，远超过1 000万英镑，一夜之间成为千万富翁。他是当时英国银行里最大的储户，另外还有大量的房地产。

面对巨额财产，这位大富翁却曾手足无措，他说："这可怎么办？"

读者朋友，如果有一天你突然成为一个千万富翁，你该怎么办？要去做些什么呢？你还能够按照以前抉择的道路继续走下去吗？可以说，富有，尤其是突如其来的富有常常会改变一个人生活航船的方向。然而，对于许多科学事业的追求者来说，神圣的科学像"磁石吸铁"一样吸引着他们，任何东西都不能改变他们的追求。亨利就是这样一个人。

财富并未使亨利的生活方式发生变化。他仍然过着俭朴的生活，大部分支出花在购置科学仪器和图书上。在18世纪前半叶，欧洲的科学研究费用是相当昂贵的，科技图书也很难购置。亨利及时收集和购置了一批很有用的藏书，并慷慨地供其他学者使用。亨利在卧室里装满仪器，把客厅作为实验室。他的一生就是在他的实验室和图书馆里度过的。

亨利进行科学研究是十分认真的。他把家里楼下客厅当作实验室，楼上作为观象台。除去因参观工厂和考察地质而进行的旅行，他每天都埋头在实验室里，星期天和节假日也不例外，连他的邻居都难得见上他一面。

在外界人士看来，亨利似乎是一个寒碜、古怪、寡言少语的人。他穿着随便，不修边幅。他"总是穿着过时的衣服和很少有纽扣齐全的衣服"，经常穿一件过了时且褪色的紫色上装，衣服上满是皱褶，衣领很高，袖口镶有饰边，头上戴一顶卷边帽。

一天，为了交流科学研究的情况，他请了4位朋友吃饭。仆人问他做点什么菜，他随口回答说："一只羊腿吧！"仆人知道一只羊腿太少，接着又问是否再加点什么，他又顺口回答说："那么，两只羊腿总算够了吧？"于是，5个人就只好以两只羊腿作为餐桌上的佳肴了。

亨利在支持科学实验上十分豪爽，掷金如土。当他得知年轻的英国化学家戴维（1778—1829）正苦于无钱购置昂贵的金属铂（即白金）做实验时，就主动送给戴维一些铂。在当时，铂的价格要高出黄金十几倍，许多贵族以拥有铂器皿为富贵的象征。戴维因此完成了许多划时代的发现。

有一天，亨利遇到一位朋友。朋友对他谈到曾经管理过他私人图书馆的一个人的情况，并告诉亨利，现在那个人身体不太好，你应该帮助他，给他一点钱。亨利听了，满口答应，立即写了一张1万英镑的支票，一边写一边还问："1万英镑的支票，不知够不够用？"那位朋友吓了一跳，连忙说："太多了！太多了！"最后，亨利还是将这张支票给了那个人。要知道，1万英镑在十八十九世纪是一笔巨款——我们作如下比较就知道了：1676年7月就任第一届格林尼治天文台台长的弗拉姆斯特德（1646—1719）的年薪是100英镑；20世纪30年代，在处于鼎盛时期的英国，一位教授的年薪才800~1 400英镑。

亨利的话很少，"没有一个活到80岁的人，一生讲的话像卡文迪许那样少的了"。客人慕名到亨利家拜访时，他总是一言不发，双眼直盯天花板，心中想着自己的科学实验等问题。在双方"静坐"一段时间之后，客人只好不辞而别，扫兴而归，而他则节约了时间。

亨利能够利用一切可以利用的时间，每天忙于实验而无暇顾及其他事情。为了节省更多的时间，他发明了与女管家的日常联系借助于便条的办法。他全权委托别人代管他的事务，甚至对这些代管人也不闻不问，整天忙于科学研究。除了例行的科学聚会，他几乎从不公开露面。这一方面与他怕羞的心理有关，更重要的一方面还是他实在没有一点空闲时间。

亨利极怕被人奉承。一次，一位英国科学家同一位奥地利科学家到班克斯爵士家时，适巧亨利也在座。当介绍他们相识后，这两位来访者对大名远扬的亨利大加赞赏恭维，并说他们来访的目的就是要拜访像亨利那样杰出的科学家。这时的亨利竟开始忸怩，继而完全手足无措，最终十分窘迫地转身辞别客人，坐马车逃回家中。

尽管亨利不善交际、喜欢离群索居，但他对别人进行的研究却很感兴趣，会定期参加皇家学会的学术聚会，以及皇家学会主席在星期天晚上为伦敦科学家举行的宴会。即使在同行面前，亨利也是沉默寡言的；然而，在讨论问题时，亨利的话匣子就打开了，而且他的发言和见解异常精辟。

对此，英国化学家戴维曾经这样评价亨利："他对于科学上的一切问题都有明晰而高深的见地，并且在讨论时所发表的意见异常精辟……他的名字将来比现在会更受人尊敬。"

亨利在科学上也特怪。他虽然会及时把自己的科学成果记载下来，手稿写得十分工整，就像要拿去发表的样子，但多不发表，以至于他记有数学、电学、力学等内容的近 20 捆手稿埋藏了近百年之久，才于 1879 年由英国物理学家麦克斯韦（1831—1879）整理发表。可见他是不图名誉的人，也是不知道科学发明和科学发现应该适时公开才有利于人类的人。

亨利发表文章的习惯也与众不同，他从不完全披露自己的全部研究成果，自己不十分满意的论文也绝不发表，科学态度十分严谨。在将近 50 年的科学生涯中，他没有写过一本书，在所发表的近 20 篇论文中，绝大多数都局限于实验探索。

亨利极为认真地研究过热现象。一篇题为《关于热的实验》的很长的手稿，他已经誊清，但并未发表。他把这篇论文誊清了而未发表，是为了不与布拉克竞争——他对苏格兰化学家布拉克的工作略有所知，他认为过早发表自己的研究成果，对布拉克是不公平的。

为了集中精力和时间搞科研，亨利把科研当作自己的终身伴侣，一辈子没有结婚。

1810年2月24日，亨利病得很重，他好像预感到死亡马上就要来临似的，就吩咐身边的男女仆人说："你们暂时离开我吧，过一个小时再回来。"

等到仆人再回来时，勤奋一生的亨利已经长眠。他超过1000万英镑的财产和爵位被他的侄儿乔治·卡文迪许继承。

亨利在物理上的成就还有很多，例如早于库仑11年发现库仑定律，而且结果比库仑精确；又如早于欧姆几十年发现欧姆定律。作为化学家，他最先发现水由氢和氧组成，证明氢气能燃烧，弄清了大气的组成……

对此，法国物理学家比奥（1774—1862）曾说："亨利在一切学者中最富有，也在一切富翁中最有学问。"

亨利一生过着俭朴的生活，财富和金钱对于他来说，如过眼云烟、过耳清风。他认为，科学是无价之宝。是的，他所创造的科学成就给人类以巨大推动作用，这是用金钱无法实现的；他献身科学痴迷于科学研究的精神，更是人类的无价瑰宝。

路人为何捧腹大笑
——安培尾追"小黑板"

牛顿把怀表当鸡蛋的故事广为流传，无独有偶，100多年以后，英吉利海峡那一边的法国人也有类似的"杰作"呢！

1775年1月22日，物理学家安培出生在法国里昂一个清贫之家，他在父亲的教育和指导下学习数学，但主要靠自学成才。他从小就具有惊人的记忆力，尤其是在数学方面具有非凡的天赋和超人的才能。他13岁

安培

就能理解有关圆锥曲线的原理，14岁就读完了狄德罗等编撰的20卷本的《百科全书》，27岁就发表了著作《关于博弈论的思考》，在数学上的一些成果至今仍有重要作用。

不过，多数人认识的却是物理学家安培。他将精巧的实验和高超的数学技巧相结合，总结出了右手定则、安培定律、安培力并提出了著名的分子电流假说……他被称为"电学中的牛顿"。他的名字成为当今物理学中"电流"的单位。

安培研究物理问题达到了如痴如醉的程度，为此闹出不少笑话。其中之一是，他当教授后因上课时心不在焉，曾用擦黑板的布来擦自己的鼻子。

又有一次，安培在巴黎大街上散步，但脑子并没有休息。突然，他想起一个物理中的电学计算问题，怕灵感消失，就迅速从口袋里掏

出粉笔，走到一块"黑板"前演算起来。突然，"黑板"开始移动，他就追随"黑板"继续演算。可是，"黑板"越跑越快，他也快速跟进，直到跟不上了，才慢了下来。

当街上的行人朝安培捧腹大笑的时候，这才打断了他的思路。他如梦方醒，停下来一看，原来，他错把一辆停着的马车车厢的黑色后槽（车篷）当成了"小黑板"。

安培很珍惜时间，为了免受来人打搅，他常常在自家门上挂上"安培先生不在家"的牌子。一次，安培正专心致志地思考一个问题，为了防止别人干扰，他从家里走出去时，用粉笔在门上给来访者写了一行字："安培先生不在家，请今天晚上来吧。"

过了一个小时，他思考着问题走回来了。当他惊讶地看到门上的留言后，自言自语地说："哦，原来安培先生不在家。"扭头就走——他连自己的名字都忘了。直到很晚，他的家人才从街头找到了"安培先生"。

当然，记忆力惊人的安培在专注和健忘方面的趣事并非仅此几例。

还有一次，拿破仑（1769—1821）视察巴黎科学院，安培竟然不认识这位本国皇帝，使拿破仑也笑了。拿破仑当即请他第二天到皇宫赴宴，可是，当宴会开始的时候，给他留的座位仍然空着——他居然把"天子"的邀请也给忘了。

还有一次，安培到外地讲学，走到河边的时候，他拾起一块鹅卵石就琢磨起来：是什么力的作用使原来有棱有角的石头变成光滑的球形呢？想着想着，就随手又把"石头"抛到河里。等到达目的地，他习惯地掏出怀表来看时间的时候，才发现掏出来的竟是一块圆滑的石头。怀表呢？被他当作"石头"扔掉了！这就是法国"牛顿"和英国牛顿类似的"怀表故事"。

深夜不归　夫人生疑

——伦琴痴迷 X 光之后

伦琴

　　1895 年 11 月 8 日漆黑的夜晚，一个高大的黑影在德国乌兹堡大学的一个实验室里晃动。他是谁？深更半夜在干啥？

　　他就是该校校长兼物理研究所所长伦琴（1845—1923）。这天同往常一样，伦琴在接近吃晚饭的时候，就来到实验室，独自摆弄着当时最奇特的光学仪器——真空的希托夫 – 克鲁克斯放电管，研究它发出的阴极射线。他用黑纸包住管子，接通电源。

　　咦！怎么管子附近有亮光闪烁？这亮光在黑夜显得格外清楚。伦琴觉得很奇怪，就走过去看。原来，在离管子约 1 米远的小工作台上，放着做别的实验用的涂有荧光物质铂氰化钡的纸板，亮光就来自这里。他知道这纸板本身是不发光的，因此他当即敏锐地猜测，一定是放电管发出的什么东西到达纸板使荧光物质发光。

　　为了证实这一猜测，伦琴关掉放电管的电源，这时纸板上的荧光消失；而打开电源后，纸板处又发光。反复进行多次实验都是如此，这就证实了他的猜测。

　　那么，这东西是什么呢？伦琴知道放电管发出的阴极射线仅能穿透几厘米的空气，所以这东西不会是阴极射线。那么，究竟是什么呢？它有何性质呢？他要打破砂锅问到底。伦琴甚至忘记了时间的消逝，连研究所的工友马斯塔勒敲门进来寻找一个仪器然后又走了出去，竟然都没有察觉。

此时，有一个人着急了，她就是伦琴的夫人——安娜·贝尔塔·鲁德维格（1839—1919）。因为以往伦琴多半是按时回家吃晚饭的，今天怎么这么晚还没回来呢？于是，她屡次派工友去催他吃饭。最后，伦琴坐到了饭桌旁，但几乎一言不发地吃了一点点。吃好之后，他又回到了实验室。

伦琴长达6个多星期的研究开始了，包括把工作台移至不同的距离，直到两米远，用各种物质阻挡这一东西的实验。

伦琴长期迷恋实验，深夜不归，引起了安娜的怀疑。更奇怪的是，安娜问他的时候，他总是支支吾吾。这就使安娜更加疑窦丛生，一定要穷追不舍，查个水落石出。为此，伦琴采用了"缓兵之计"："以后会告诉您的！"

日复一日，这种回答次数多了，还是引起了安娜的恼怒。在这种情况下，伦琴别无选择，只好在1895年12月22日带着怒气冲冲的妻子到了实验室，用那只放电管对着她的左手，照了15分钟。当底片从显影液中捞上来的时候，戴着戒指的手骨照片——世界上有意拍摄的第一张X光照片清晰可见。

这时，安娜"后悔"了——"她简直不相信，这骨骼毕露的手，就是她自己的"，而且"一想到看见了自己的'骷髅'，就不寒而栗"，也像以后许多人一样，"产生了一种死亡的征兆"。

那为什么伦琴在初期要对他的妻子保密呢？

原来，除了在开始的时候连他自己也说不清楚，更无法给妻子说明的原因外，伦琴还准确地预见到保密对研究X光的重要性。他想，这个第一次出现的活人身体

安娜·贝尔塔·鲁德维格

内部骨骼的幽灵般的阴影，可能会因观察者不理解而造成心灵上的恐慌。如果过早泄露出去，势必影响他的研究；因此，他对他的好友鲍维利讳莫如深，对他的夫人守口如瓶，也就不难理解了。

紧接着，他将自己的有关发现及研究成果写成《一种新的射线，初步报告》，交给乌兹堡大学的物理学医学会秘书。秘书决定以《一种新的射线》（*On A New Kind of Rays* 即 *Ueber eine neue Art von Strahlen*）为题，刊登在 1895 年 12 月 28 日出版的一期《乌兹堡物理学医学学会会议报告》（*Aus den Sitzungsberichten der Würzburger Physik.–medic Gesellschaft*）第 137~147 页上。这一刊物由舒尔泽、罗依波尔德、盖洛尔等教授或博士编辑。由于当时伦琴对这个东西的本质一无所知，因此"为简单起见"，就称它为"X 光"。

为加速对 X 光本质的探索，他将复制的论文连同几张复制的 X 光照片，在 1896 年元旦寄给德国柏林的瓦尔堡和隆美尔、汉堡的弗勒尔、斯特拉斯堡的寇尔劳士、弗赖堡的岑德，维也纳的艾克斯奈尔，法国巴黎的庞加莱，英国的开尔文和斯托克斯、曼彻斯特的舒斯特等物理学家。

德国物理学教授艾克斯奈尔是伦琴年轻时在老师奥古斯特·阿道夫·恩斯特·埃伯哈德·孔特（1839—1894）所属物理研究所的同

世界上有意拍摄的第一张 X 光照片：鲁德维格左手无名指上戴有戒指

事，他抱着极大的热情在一次家庭宴会中，把伦琴寄来的 X 光照片拿给朋友们看，随后又借给一位由布拉格来的同事 E. 雷谢尔，雷谢尔又立即拿给他的父亲 Z. K. 雷谢尔看。老雷谢尔当时是维也纳《新闻报》的编辑，他被 X 光极强的穿透性吸引住了。他最先预言这个发现可能对诊治疾病有重大意义，当然不会放过这个重大新闻。他热情洋溢的文章登在 1896 年 1 月 5 日《新闻报》星期日版第一版上，从而"吹响了轰动世界新闻的号角"。

1月6日，伦敦《每日纪事》驻维也纳记者立即将这一消息发回总社，并拍发到全世界："战争警报的喧嚷，不应当把人们的注意力分散，而没有看到由维也纳传来的令人惊异的科学胜利。"

1月7日，《法兰克福日报》称"它将给精密科学提供一个划时代的成果"。

1月9日，伦琴家乡的《乌兹堡通讯》报也称伦琴的发现是"惊人的""划时代的"。

接着，《纽约医疗档案》《柳叶刀》《英国医学杂志》《慕尼黑医学周报》《维也纳临床周报》《医学周刊》《美国医学会杂志》《纽约电气工程师》《电气照明》《科学通报》《伦敦电工杂志》《自然界》《新试验》——多个国家各领域的报纸期刊先后报道了伦琴的这一重大科学发现。

发现 X 光的过程及消息，以及 X 光能穿透实物进行摄影、具有很强的穿透力等性质，曾引起全世界特别是西方各阶层的"集市般的喧嚷"和"巨大的骚动"，掀起了一场 X 光的"轩然大波"，引出许多离奇的事件和风波。

是竿钓鱼还是鱼钓竿
——"心猿意马"查德威克

我们知道詹姆斯·查德威克的大名，是因为他发现了中子——1932年2月17日，他给英国《自然》杂志写了《中子可能存在》的一封信，说他发现了中子。

1891年10月20日，查德威克出生于英国曼彻斯特。

青少年时代的查德威克学习成绩并不出众，作业也常常不能

查德威克

按时完成，但他的学习方法却与众不同：凡是他不懂的题目，绝对不做，不为应付作业或取得高分而马虎从事；他会做的题目，则一丝不苟，力求百分之百的正确。1908年进入曼彻斯特大学后，他对物理产生了浓厚的兴趣，1911年毕业时荣获物理优等生的成绩。

1912年，查德威克在当时已闻名全球的曼彻斯特大学卢瑟福实验室中，从事放射性物质的研究工作，两年后获得理科硕士学位和英国国家奖学金。

靠这笔奖学金，查德威克到了德国夏洛藤堡大学，在盖革实验室从事研究工作，向计数器的发明者盖革学习放射性粒子探测技术。

1914年，第一次世界大战爆发，英、德成了敌国，查德威克与其他5人被监禁在德国鲁赫本集中营中只能拴两头马的马棚内。酷爱科学的查德威克，竟然在集中营里同其他几位科学家战俘造起了一间小研究室，令人难以想象地做起放射性实验来。

第一次世界大战结束后的 1919 年，查德威克回到英国，在剑桥大学冈维利·凯尔斯学院进行科学研究。1921 年，他当上了剑桥大学的研究员，1923 年担任著名的卡文迪许实验室副主任。在这里，查德威克在英国物理学家卢瑟福、德国物理学家玻西、法国物理学家约里奥·居里夫妇等研究的启发下，带着寻找中子的强烈愿望，一头钻进实验室，有时连续几个月不回家，废寝忘食，成百次地做实验。终于用了 11 年的时间，在 1932 年确证了中子的存在。

中子的发现，进一步揭开了原子核的奥秘，于是查德威克独享 1935 年度诺贝尔物理学奖。

1925 年，34 岁的查德威克和布朗小姐结婚以后，过上了幸福美满的家庭生活。

业余时间，查德威克爱和妻子各自骑上一辆自行车，带着一对孪生儿女，到河边去钓鱼。可是，有好几次，当鱼把钓竿都拖到水里去了的时候，他竟然都一点也没有觉察到。看到钓竿都被鱼拖到水里去了，妻子才问他在干什么。究竟是竿钓鱼还是鱼钓竿？显然，查德威克又把思绪投入到扑朔迷离的物理世界中去了。

查德威克成名后，各种荣誉称号都向他飞来，但他不慕虚荣，厌恶吹捧。像那些皇室发来的请柬、请帖，他都扔到字纸篓里，甚至连封爵的通知书也被他扔掉了。他不无感慨地说：“学者有时需要适可而止的鼓励，但实际上，那些鼓励根本无助于学者的智慧。所以我要奉劝世人，不要把学者捧上了天，更不应该把他们当成工具。”当他发现自己被他人用作点缀和装饰，无端地空耗他的时间时，万分气愤。他在皇家学会举行的大会上，痛心疾首地呼喊：“剥夺科学家的时间，等于公然摧残人类的知识和文明！”

1948 年查德威克任英国剑桥大学冈维利·凯尔斯学院院长，10 年后告老退休。他曾经先后获得剑桥、牛津、伯明翰、都柏林、爱丁堡等许多大学授予的荣誉博士学位，也是很多国家科学院的名誉院士。在他 70 寿辰的日子里，伦敦学术界为他举行了隆重的祝寿活动，以表彰他在学术上为人类做出的贡献。

1974 年 7 月 24 日，查德威克以接近 83 岁的高龄与世长辞。

穿旧鞋有"证明"在身
——少年布拉格如此求学

在诺贝尔奖史上，共有六对父子获奖。他们中的五对是：

①最早的一对，是英国的约瑟夫·约翰·汤姆森（1856—1940）独享1906年物理学奖，他的独生子乔治·佩杰特·汤姆森（1892—1975）与另一人分享1937年物理学奖。

②丹麦的尼尔斯·亨利克·戴维·玻尔（1885—1962）和他的第四个儿子尼尔斯·奥吉·玻尔（1922—2009）各自独享1922年物理学奖和1975年物理学奖。

③瑞典的卡尔·塞格巴恩（1886—1978）独享1924年物理学奖，他的儿子凯伊·塞格巴恩（1918—2007）分享1981年物理学奖总奖金的一半，另外两人分享总奖金的另一半。

④德国的汉斯·冯·奥伊勒·歇尔平（1873—1964）是1929年化学奖的两位得主之一，他的儿子乌尔夫·冯·奥伊勒（1905—1983），是1970年生理学或医学奖的三位得主之一。

约瑟夫·约翰（左）和乔治·佩杰特　　　　亨利克·戴维（左）和奥吉

卡尔（左）和凯伊　　　　　汉斯（左）和乌尔夫

⑤最近的一对，美国的阿瑟·科恩伯格（1918—2007）成为1959年诺贝尔生理学或医学奖的两位得主之一，他的儿子罗杰·戴维·科恩伯格（1947— ）独享2006年诺贝尔化学奖。

但是，以上五对都不是父子在同一年共同得奖。第六对得奖的父子，也是在同一年共享同一奖项的父子，这绝无仅有——英国物理学家威廉·亨利·布拉格（1862—1942）和他的出生在澳大利亚的儿子威廉·劳伦斯·布拉格（1890—1971），瓜分了1915年物理学奖。我们要讲的，就是其中的老布拉格（以下称布拉格）少年时求学的故事。

1862年7月2日，布拉格诞生在英格兰西部的坎伯兰。他的家境十分贫苦，父母省吃俭用才能供养他读书。贫困的少年时代使他懂得学习的机会来之不易，他加倍地珍惜、勤奋刻苦，学习成绩始终名列前茅，因此在中学毕业时被保送进了威廉皇家学院。

在这所学院就读的大多是贵族子弟，他们衣着考究，出手阔绰；而布拉格是个十足的"乡巴佬"——省吃俭用、破衣烂衫，更奇怪的是，脚上穿的是一双大得出奇的破旧皮鞋。他的这套奇特的装束自然成了这些富家子弟的笑料，他们经常讽刺他、挖苦他。

阿瑟（右）祝贺儿子罗杰得奖

面对着种种非议、鄙视的眼光以及人格的侮辱，布拉格有时真想冲上去狠狠地教训他们，可是他忍住了，他没有这样做，因为他清楚地知道，一旦打起来，在这所富人的学院里，倒霉的必定是他这个乡下来的穷孩子。

亨利·布拉格　　劳伦斯·布拉格

尽管布拉格不招惹别人，处事小心，但麻烦还是找上了他。有人说他脚上那双又大又破的皮鞋是偷来的。学校当局知道以后，立即找了他。

在学监办公室里，那位素以严格出名的老学监威严地站着，双唇紧闭，脸色铁青，那双锐利、审视的眼睛紧紧地盯着布拉格，盯着那双破旧的大皮鞋，要他交代旧皮鞋的来历。

布拉格默默地走上前，右手从怀里掏出一张已经折得起毛的纸片递给学监。

学监看着纸片上的文字，那是布拉格的父亲写给他的一封信："儿子，我很抱歉，但愿再过一两年，我的这双破皮鞋，你穿在脚上不再嫌大，我抱着这样的希望：有朝一日你有了成就，我将引以为荣，因为我的儿子是穿着我的破皮鞋努力奋斗取得成功的……"

随着目光在纸片上的移动，学监的脸色变了。最后，这位学监慈祥地看着布拉格，怀着歉疚的心情，轻轻地拍拍他的肩膀。而一直蒙受着屈辱的布拉格，此时再也忍不住放声大哭起来——就用那伤心的泪水来冲刷长期积郁在心中的委屈和侮辱吧！

贫穷和凌辱并没有使布拉格倒下，他坚毅、顽强，立志要为穷人的孩子争口气。

布拉格在威廉皇家学院经过刻苦努力，取得了优异成绩，赢得了尊重，被学校保送进剑桥大学三一学院攻读数学，并在卡文迪许实验室学习物理学。他在剑桥依旧刻苦学习，在参加年度数理比赛时，总是名列榜首。

1885 年，布拉格开始在澳大利亚阿德莱德大学教授数学和物理学，开始了他的研究生涯……

1909 年，布拉格回到英国，任利兹大学教授。

1912 年，德国物理学家劳厄（1879—1960）的 X 光通过晶体衍射的图片发表后，震惊了科学界，他也因此独享 1914 年诺贝尔物理学奖。劳厄划时代的发现吸引了布拉格父子，他们成功地推导出有名的"布拉格公式"，研究发展了一种新的晶体结构分析方法，并因此共享 1915 年诺贝尔物理学奖。

劳厄

布拉格一生获得过 16 种荣誉博士学位，并被世界上许多国家授予外籍科学院院士称号。他并不为此满足，他认为："科学研究是没有止境的，人类的智慧也是无穷无尽的……"

法拉第读书到天黑

——慈母为何找到厂里

19世纪初，出版印刷业还很不发达。价格昂贵的书在英国是一种奢侈品，只有富人才买得起。一本书常常是看了又看，还要传给儿孙，等到封面磨坏和散页以后，主人就把它送到书籍装订铺去重新装订，然后重新放在书橱里。也有一些书，分成一册册小薄本出版，读者把这些小薄本买齐以后，再送到书店来装订。

青年法拉第

当时报纸也还没有大量印行，价格也很贵。除非豪富显贵，很少有人单独订报纸。一般的中等人家都租报纸，很快看完后还掉，这样就省了许多钱。

乔治·里波先生在伦敦布兰福德街2号开了个铺子，经营书籍装帧，也销售书籍文具，出租报纸。他订的报纸由报童按照一定的线路送到租报人的家里。这几年英国正在和拿破仑统治的法国打仗，大家关心前线的战事，所以向里波租报看的人越来越多，他急需送报的报童。

英国物理学家、化学家迈克尔·法拉第（1791—1867）的爸爸詹姆斯·法拉第是一个铁匠，家境十分贫寒，也是里波的街坊。里波早就认识迈克尔——这孩子机灵、懂事，从小讨人喜欢。里波答应铁匠，让迈克尔送一年报。要是孩子不偷懒，一年以后正式收他做装帧书籍的学徒。

从此，13 岁的迈克尔走上了为生活奔波的道路。他风雨无阻，走大街穿小巷地送报。虽说这活辛苦，但能用自己挣来的为数不多的钱补贴贫困的家庭，看到妈妈的脸上露出疼爱的微笑，迈克尔心里总是乐滋滋的。趁着送报的机会，自己也能偷空看看报，这也是快活的。报纸内容不容易看懂，上面还有许多字不认识，但是可以找人问。在里波家里，迈克尔读到了《大英百科全书》、玛西特夫人写的《化学漫谈》……

里波很和气，圆圆的脸上总挂着笑。迈克尔常常找这位老板，向他请教各种问题。什么叫和约？为什么签订了和约还要打仗？什么叫哲学？为什么在哲学前面还要加上"自然"两个字，叫"自然哲学"（古代所说的自然哲学指自然科学，有时专指物理学，例如牛顿的物理学大作就叫《自然哲学的数学原理》）……里波看到迈克尔这孩子和别的报童不一样，他什么都想知道，什么都要问，脸上不禁又露出了和蔼的笑容。

迈克尔的头脑像一块巨大的海绵，贪婪地吸吮着知识海洋的水；他的头脑也像一片丰腴的处女地，播下的知识的种子萌芽了，开始茂盛地生长起来。

起初，他拿到什么读什么，读什么就信什么。后来他读到沃茨博士写的一本专门谈学习方法和自我修养的书，才渐渐懂得了怎样选择书籍。

迈克尔也很幸运，碰到了里波这样的好老板。要是换一个老板，像他这样偏爱读书、学习，"不守本分"的小学徒，而且是坐在干活的店堂里读书，那早就要挨骂了，弄不好还要被"炒鱿鱼"。但是，里波是个好心肠的人。他开书店，书是他的饭碗，也是他的爱好。爱书的人他见得多了，可是像迈克尔这样爱书如命的小学徒，他倒是第一次见到。

当然，迈克尔也很讨人喜欢。每天晚上收工以后，他总是把铜尺、切刀、胶水这些装订书籍的工具收拾得整整齐齐，然后连干活的时候穿戴的围裙、袖套也不脱，就坐在工作台前聚精会神地看起书来。他边看边记，碰到好的插图，就临摹下来……看到他的纯真、稚气，里波心里不禁起了怜爱之情。

又是一天下班了，其他人都回了家，但迈克尔却没有走，他坐在窗前专心致志地读起了《化学漫谈》，天黑了好久他也没发现。

忽然，一阵敲窗声把他从知识的海洋里拉了上来。他抬头一看，见是他的母亲玛格丽特，就吃惊地问："妈妈，出了什么事？你怎么到这里来了？"

母亲看到手里捧着书本的儿子，想到自己无钱供儿子上学，内心非常难过。母亲心疼地说："你这么晚还不回家，我不放心。天早黑了，别看书了吧，眼睛会坏的。"儿子却异常兴奋地说："妈妈，今天我发现化学真是门奇妙的学问。我想要好好地钻一钻，你知道我多么想成为一个有学问的人哪……"

还没听完儿子的话，母亲早已泪流满面，慈祥地说："上帝保佑你，孩子，好好学吧！不过可要记住，人总是需要休息的。"

法拉第凭着坚强的毅力和忘我的钻研精神，终于成为一位举世闻名的大科学家。

"身首异处"鼻子出血

——迈克尔研究"自然哲学"

迈克尔·法拉第也有淘气的时候，不过他的淘气与众不同。

有一天，迈克尔把报纸送到一位租报人的家里，自己则在租报人的花园里等候。

平常，迈克尔总是趁人家看报的时候坐在这家人大门口的石阶上看书看报。可是，今天天气太好了。暖暖的阳光柔和地抚摩着美丽的大地，树上的小鸟唧唧啾啾叫个不停。他坐不住了，沿着花园的铁栏杆走去，走到一棵大树前。这棵大树枝叶婆娑，它的树干在铁栏杆上方弯了一个角度，伸到隔壁人家的花园里，在那里投下了一大片绿荫。

迈克尔想：这棵树到底在哪里呢？要说它在这里吧，树枝树叶却全在那里，连树荫、树上的小鸟也全都在人家那里；可是要说它在隔壁人家吧，它却明明长在这里。

这到底应该怎么说呢？迈克尔越想越觉得有意思。这是不是一个"自然哲学"的问题呢？

嗨，为什么不做一个实验呢？书上不是写着"知识来自实验"嘛！迈克尔开始做他生平的第一个"科学实验"了。

迈克尔把两只手臂从栏杆缝里伸过去，把头也从栏杆缝里硬钻了过去。

实验室里的法拉第

哈哈，我也和那棵树一样了。头在这边，脚在那边。

到底我在哪一边呢？

迈克尔夹在铁栏杆缝里，他的思想正在"自然哲学"思辨的天空翱翔。忽然听到那边"哐啷"一声响：那家人已经看完了报纸，是女佣人打开大门，给他还报纸来了。

啊，可不能让她看到自己这副"身首异处"的窘相，迈克尔猛一下子把头和手臂从铁栏杆缝里抽回来，三步并作两步走，急忙跑到大门口去接报纸。

忽然，女佣人惊叫了一声："哎呀！孩子，你怎么了？"

原来，迈克尔的鼻子血淋淋的，在铁栏杆上擦破了。

这就是迈克尔生平第一次做"自然哲学"实验的"收获"。

听 4 小时记近 400 页
——法拉第的机遇来自痴迷

1812 年 10 月，当学徒的法拉第满师了。也许是经过法国流亡画家的介绍，法拉第进了法国人德拉罗舍先生的书籍装订铺。

法拉第

这位新东家可不像里波先生那样脸上总堆着笑容。法拉第刚去没有几天，就挨了好几回骂，德拉罗舍的店堂也浊气逼人……于是他又回了伦敦。

此时，英国化学家戴维（1778—1829）正在苏格兰度蜜月，他突然收到他的朋友、法国物理学家安培（1775—1836）从巴黎写来的一封信，告诉他，迪隆先生发现了一种新的氮和氯的化合物，这是一种很容易爆炸的液体，迪隆为此被炸掉了一只眼睛和一个手指头。这个消息对于戴维是极大的刺激——他也在进行这方面的研究。于是，他马上干了起来。

戴维的实验取得了一些进展，但是随身带来的化学仪器毕竟太少，而那种有危险性的实验对他的吸引力又实在太大，他终于说服了夫人，让他独自一人先回伦敦。回到伦敦以后不久，就发生了一次爆炸。戴维爵士向夫人写信说，发生了一起"小事故"。实际上他伤得很厉害，险些遭遇与迪隆同样的命运。医生告诉他，至少几个月不能进实验室。

法拉第听到这个悲喜交加的消息已经是 12 月了，他马上给戴维爵士写了一封言辞恳切的信，还有自己整理、装订的戴维的讲演记录，一起送到了皇家学院。

那法拉第为什么要给戴维写信呢？1803 年，不到 25 岁的戴维因此前发现"笑气"等被选为英国皇家学会会员，两年后又荣获皇家学会最高荣誉——科普利奖章，正如日中天。法拉第在听他题为"发热发光物质"的生动讲演时，被迷住了——他要正式进入科学殿堂；而此前法拉第写给皇家学会会长约瑟夫·班克斯的自荐信，在一个星期后被班克斯的仆人告知："班克斯爵士说，你的信不必回复。"

戴维看到这封信是在圣诞节前夕，当时他的眼伤还没有好，看东西还很吃力。那天早晨，皇家学院的仆役给他送书信的时候，他瞥见一本四开本的大书，书脊上印着几个烫金的字：戴维爵士讲演录。

戴维觉得奇怪，自己从来没有出版过什么讲演录，从哪里来的书？难道是欧洲大陆上的国家跑在英国前头，出版了他的讲演录？戴维好奇地打开书，发现它是手写的。扉页上用工工整整的印刷体和手写体写着："四次讲演（化学哲学纲要讲座的部分记录），戴维爵士（法学博士，皇家学会秘书，等等）讲于皇家学院。法拉第记录整理，1812 年。"

戴维信手翻下去，他怔住了。没有料到，自己那 4 次讲演总共才讲 4 个多小时，法拉第竟记下了 386 页！讲过的，都记下了，许多没有讲的内容，也都补充上了。娟秀的书法，精美的插图，严肃、认真、一丝不苟，这中间熔铸了多少爱戴、敬仰和信任！

那么，这本洋洋大作的作者是谁呢？扉页上写着，是戴维爵士。不，应该是法拉第！这

戴维

法拉第又是谁呢？这里有一封信。虽然因为他的眼伤没好，医生禁止他看书，但戴维还是把这封信从头到尾细细地看了。

戴维被感动了。这封信勾起了戴维对往事的回忆。十几年以前，自己不是也像现在这个法拉第一样吗？出身低微，贫穷，屈辱，没有受过充分教育，上帝和世人给他安排的命运是当学徒，将来做一名师傅……戴维仿佛看到了自己的过去，自己的影子。也许是顾影自怜吧，他对法拉第产生了同情。从法拉第身上，戴维不仅看到了自己拥有的东西——敢于向命运挑战，勇于追求，充满着对未来的希望、青春、奋斗、憧憬……还看到了自己所欠缺的东西。

戴维精力过人，做实验就像打仗一样紧张。常常是几个实验同时进行，这里加热、煮沸、冷却，那里过滤、蒸发、结晶。人家以为他的实验刚开始，他却已经收拾东西结束了。他的实验记录很潦草，都是用最快的速度写成的，要是写错了，他就大笔涂改，有时索性用大拇指在墨水缸里蘸一下，向写错的地方一按。戴维大胆，有魄力，有一次做水煤气的实验，他猛吸三大口，险些把命送掉。他的工作显得杂乱，不够严密，不够细致。

然而，看这本《戴维爵士讲演录》的记录、整理、誊抄、装订，做得多么漂亮！那是有条不紊、严密细致的工作作风的产物。戴维十分懂得，那样的习惯和作风在科学研究工作中有多么大的价值啊！

怎么办呢？一个诚挚、勤奋、坚毅、有天分、有献身精神的青年站在自己的面前了，他缺少的只是机会，现在他请求给他机会。该怎么办呢？

就在当天晚上，戴维给在韦默思街的法拉第写了一封回信，第二天就派人送到法拉第手中，同意会见法拉第。

1812 年 12 月 24 日

先生：

承蒙寄来大作，读后不胜愉快。它展示了你巨大的记忆力和专心致志的精神。最近我不得不离开伦敦，到一月底才能回来。到那时我将在你方便的时候见你。

我很乐意为你效劳。我希望这是我力所能及的事。

先生，我是你顺从、谦恭的仆人。

亨利·戴维

戴维发表过许多科学论文，也写过不少诗篇，然而这封朴素的短信也许是他一生中"最伟大的作品"。这件"最伟大的作品"在当天晚上送到法拉第手里——这对他将是一件多么美妙的圣诞礼物啊！

1813年1月底，法拉第终于在伦敦阿伯马尔街21号的皇家学院和戴维相会了，迎领他的是戴维的助手佩恩……

"等待机遇不如创造机遇。"我们经常这样说。然而，有时我们是"口是心非"的——"你们说的是古人、是'老外'，是名人，而我怎么就始终没有机会去创造机遇呢？"

其实，创造机遇的前提是对学习和工作的勤奋和痴迷——像法拉第那样。

怒火泄向足球教练
——"好好补习物理吧"

1998 年夏，法国世界杯足球赛中的一场八分之一决赛，双方在（90+30）分钟内 2 比 2 战平，要以残酷的点球方式决出结果。英格兰在点球大战中再次失利（3 比 4）于老对手阿根廷。其中第五个出场的英格兰球星戴维·巴蒂（1968— ）发的点球，被阿根廷门将卡洛斯·罗阿（1969— ）扑了出去，没有射入球门。

这时，一位英国绅士德里克·劳博士——世界著名的核弹专家，再也按捺不住心中的怒火，提笔给英格兰足球教练写了下面的信。

尊敬的霍德尔教练：

请允许一位前诺贝尔物理学奖候选人向您阐明一个浅显的物理学道理。

我对于您率领的英格兰队的情况了解不多，尤其是你们的点球训练方式，但从你们输给阿根廷队这场球来看，你们缺乏一些基本的科学概念。英格兰是由于无知和缺乏教育而被淘汰出局的，可我们实际是一个文化水平很高的传统国家。

从物理学的角度来看，成功率最高的点球应该是紧贴着地面飞入大门的。一个身体素质良好的守门员很容易向

究竟应该怎样发点球？

上或向左右两侧跳跃，以扑出来球。但是当他用手向下扑球时，他的重心必须急速下降，而手部向下移动的速度平均只有每秒32英尺（1英尺合0.3048米）——这种移动受到地心引力的影响，这一速度与皮球前冲的速度相差很远，所以，贴着地面的点球是守门员最难扑出的球。

然而您选择了巴蒂，巴蒂又选择了一种成功概率最低的半高球。或许您不相信，在巴蒂射门的那一瞬间，我已经感觉到了英格兰的失败——这是一种缺乏基本科学知识导致的失败。

如果您觉得我的描述是在浪费时间的话，那么我宁愿去陪我母亲聊天，她今年快90岁了，可还是坚持看完了这场球赛……虽然对她的健康不利。要是你们在赛前进行过一些简单的数理分析，或者对力学有过一点涉猎的话，您应该可以指导队员踢好每一个点球。这样，阿根廷队就不可能再留在法国了。

最后给您举个例子。还记得巴乔的两个点球吗？上届世界杯足球决赛，他打球门上部死角，结果球打飞了。这次对智利队，他就踢出了一个紧贴地面的球，智利守门员虽然做出了正确的反应，但无法将球扑出——他的腿部力量还无法与地心引力合拍。巴乔以后射点球还会采取这种正确的科学方式。

回国后，您还是和您的队员一起好好补习一下物理吧。

…………

德里克·劳在这封信中提到的巴乔，指意大利著名足球运动员罗伯特·巴乔（1967— ）。

巴乔

看来，这位核弹专家在看球时还是没有彻底休息——看球后也是"三句话不离本行"，痴痴地用他的物理学来诠释足球比赛中的发点球问题……

"还有比这更糟糕的"
——爱因斯坦的小板凳

"校园的铃声叮当叮当……"又上手工课了。

课堂上，老师要每一个同学各做一个小木凳。

下课铃响了，同学们都争先恐后地向那位既漂亮又严厉的女教师交上自己的手工作品，只有爱因斯坦交不出来，他急得满头大汗。女教师宽厚地望着这个其他方面都非常出色的小男孩，相信他下一节课会交上一件好作品。

少年爱因斯坦

第二天，又一节手工课之后，爱因斯坦交给老师的是一个制作得很粗陋的小木凳，一条凳腿还钉偏了。

"就这个呀！"满怀期望的女教师顿时变了脸，十分不满地对全班同学说，"你们有谁见过这么糟糕的凳子吗？"

同学们有的窃窃私语，有的笑着摇头。

老师又看了爱因斯坦一眼，脸色更加难看，生气地挖苦道："我想，世界上不会有比这更坏的凳子了。"

教室里哄堂大笑。

爱因斯坦脸上红红的，但他却很快回过神来，坚定地走到老师面前，肯定地对老师说："有，老师，有的，还有比这更糟糕的凳子。"

教室里一下子鸦雀无声，大家都迷惑不解地望着爱因斯坦。

爱因斯坦不慌不忙地走回自己的座位，从书桌下拿出两只更为粗陋的木板小凳，说："这是我第一次和第二次做的，刚才交给老师的是第三个木板小凳。虽然它并不使人满意，可是比起前两个肯定要强一些。"

这下，大家都不笑了，女教师向爱因斯坦亲切而又深思地点着头，同学们也向他投来敬佩和赞许的目光。

懂得了忍耐和坚持，成功的第一个1/3真谛就在其中了。能忍辱负重者，方可承天之大任，成天之大业。

菲利普·弗兰克（1884—1966）是一位出生在维也纳的物理学家、数学家、哲学家，爱因斯坦曾推荐他为自己的接班人。这样，弗兰克就在查尔斯·费迪南德大学（Charles-Ferdinand University）担任了教授（1912年到1938年）。位于布拉格的这所大学，1912年时在法律上属于匈牙利（但外交立场与当时的奥匈帝国保持一致）。一次，弗兰克对爱因斯坦说，有一位物理学家因坚持研究一些非常困难的问题而成绩不大，但却发现了许多新问题。爱因斯坦感叹地说："我尊敬这种人"由此看来，成年爱因斯坦依然有少年时的那种忍耐和坚持，痴迷和执着。

懂得了勇气和时机，成功的第二个1/3真谛就在其中了。英国哲人弗朗西斯·培根（1561—1626）说过："如果问人在一生中最重要的才能是什么？那么回答则是：第一，无所畏惧；第二，无所畏惧；第三，无所畏惧。"

弱者在众人或权威面前无所畏惧不是一件容易的事。就如，创立狭义相对论的不是更早走到它面前的"大人物"荷兰物理学家、数学家洛仑兹（1853—1928）和法国物理学家、数学家庞加莱（1854—1912），而是迟一些的瑞士伯尔尼的三级"小专利员"爱因斯坦。由此看来，青年爱因斯坦依然有少年时的那种勇气，而且升华到了有龙行九天、鹏飞万里的冲天豪气的高度！

懂得了长处和短处，成功的第三个1/3真谛就在其中了。经典力学主要由牛顿一个人创立，因为他既长于实验，又擅理论；但经典电磁学的大厦却只能由英国实验物理学家法拉第和理论物理学家麦克斯韦两人共同建成，因为前者长于实验而不擅数学，而后者则正好相反。

现在，轮到爱因斯坦了。也许，他正是从"小木凳"事件中得到这第三个1/3真谛，才成为理论物理学家而不是实验物理学家的——他也做实验，但却是"理想实验"。

不过，有人认为，"爱因斯坦的小板凳"的故事是误传的。

进不了新房的新婚夫妇
——爱因斯坦的钥匙在哪里

由于受到希特勒的迫害，爱因斯坦只好在 1933 年 10 月 17 日移居美国新泽西州普林斯顿市。移居美国的爱因斯坦终身住在梅策尔（Mercer）街 112 号，担任普林斯顿高等研究院数学研究所主任。

爱因斯坦刚刚走马上任不久的某一天，他办公室的电话铃骤然响了起来。他的女秘书拿起话筒，听到电话里的声音："请问，我能否和主任谈话？"

"主任不在。"秘书回答。

"那么，您能否告诉我，爱因斯坦博士住在哪儿？"对方并没有搁下话筒。

"我不能奉告，因为要尊重爱因斯坦博士的意愿，他不愿意自己的住处受到打扰。"秘书早有准备，继续回答。

爱因斯坦的首任妻子玛丽丝（中），他俩所生的孩子汉斯·阿尔伯特·爱因斯坦（1904—1973）（右）和爱德华·爱因斯坦（1910—1965）（左）

这时，电话里的声音降低到近乎耳语："请你不要告诉任何人，我就是爱因斯坦，我正要回家，可是找不到家了。"

的确，在这些方面，爱因斯坦的记性历来是不好的。

可不是吗？ 30 年前就有一次。

1903 年 1 月 6 日，爱因斯坦和出生在塞尔维亚伊伏丁那省的数学家米列娃·玛丽丝（1875—1948）——他的首任妻子正式登记结婚了。他俩是 1896 年在瑞士苏黎世联邦理工大学同班学习时相识、相知、相爱的。

"哎呀！糟糕，忘了带钥匙！"当婚礼仪式结束之后，爱因斯坦带着新娘回家时，"铁将军"却始终没有开口——爱因斯坦把钥匙不知道忘到哪里啦！

爱因斯坦只好抱歉地向新娘说："真对不起！"又转身跑回去唤醒房东找钥匙开门。新娘只得站到新房门口等着。她知道，爱因斯坦痴迷于物理学研究，忘记带钥匙是他的老毛病了。在苏黎世上大学的时候，他的邻居就常听见他半夜三更站在大门口，压低嗓音向着门缝里叫："房东太太！我是爱因斯坦！对不起，我又忘记带钥匙了！"

这次，他连结婚也没有记住带钥匙，真是"不可救药"。

不识女儿与 1 500 美元书签

——爱因斯坦的"忘性"

爱因斯坦

爱因斯坦正坐在公共汽车上，但他"身在曹营心在汉"——专心思考着一个科学问题，"去了"物理世界。

突然，一个意外的急刹车，使爱因斯坦被迫"回到"汽车上来——他的眼镜被摔了下来。视力很差的爱因斯坦急忙伸手去摸那不知摔到哪儿的眼镜，可怎么也摸不着。

坐在对面的小女孩急忙帮爱因斯坦捡起了眼镜。

"谢谢您！"爱因斯坦很感动，"小姑娘，您真可爱，能告诉我，叫什么名字吗？"

"我叫克拉拉·爱因斯坦。爸爸。"

需要说明的是，这位克拉拉·爱因斯坦，不知是指的爱因斯坦的哪一个女儿。爱因斯坦和第一任妻子米列娃·玛丽丝共育有一女二子：婚前 1902 年所生的女儿丽瑟尔·爱因斯坦（Einstein Lieserl），婚后所生的儿子汉斯·阿尔伯特·爱因斯坦（1904—1973）和爱德华·爱因斯坦（1910—1965）。爱因斯坦和在 1919 年 6 月 2 日结婚的第二任妻子——埃尔莎·爱因斯坦（1876—1936）没有一起生育的孩子，只有后者在这次再婚时带来的与前夫所生的两个女儿：伊尔丝·凯瑟尔（1897—1934，又名洛文塔尔·爱因斯坦或伊尔丝·爱因斯坦）和玛戈特·爱因斯坦（1899或1900—1986，又名玛戈特·马里亚诺夫）。

爱因斯坦和第二任妻子埃尔莎·爱因斯坦

这里，要对丽瑟尔·爱因斯坦的"去向"加以说明。"我是那样地爱她，尽管我还没有见到她！"爱因斯坦曾在1902年2月的一封信里写道。然而，没有人知道丽瑟尔·爱因斯坦的命运。一种说法是，她生下来不久就被送给别人抚养了；另一种说法是，她在出生后大约18个月时因患猩红热早夭。1987年3月3日，一篇特写《爱因斯坦的信揭示了一场痛苦的恋爱》出现在《纽约时报》上，它率先披露了丽瑟尔·爱因斯坦的存在。与此同时，爱因斯坦写给米列娃·玛丽丝的情书，被收进《阿尔伯特·爱因斯坦文集》第一卷公开出版……

爱因斯坦不但认不得女儿，钱也"认不得"。

可不是么？一次，爱因斯坦就把一张1500美元的支票当了书签。后来呢——和书一起也不知忘在哪儿了！

当然，这也不能怪爱因斯坦记性不好，而是与他的观念密切相关——他认为"每一件财产都是一块绊脚石"。

伊尔丝·凯瑟尔（左）和玛戈特·爱因斯坦

那爱因斯坦的脑子究竟是"好用"，还是"不好用"呢？

据说，爱因斯坦生前主张把自己的脑子提供给科学研究。给他作传（1971年在纽约出版的《爱因斯坦：生命和时间》）的英国传记作家罗纳德·威廉·克拉克

（1916—1987）说，爱因斯坦在弥留之际，神志恍惚，口中喃喃自语，因讲的是德语，在旁边的护士听不懂，以至于爱因斯坦的最后遗言竟然失传。

可是，他的大脑呢？克拉克就没有提到了。人们怀着极大的兴趣去探索这颗不凡的大脑的去向。结果，新泽西州的两个记者给全世界提供了答案。美国《科学》杂志曾专文报道此事。

原来，爱因斯坦1955年在新泽西州的普林斯顿医院辞世后，这所医院的病理学家托马斯·斯托尔茨·哈威（1912—2007）就把他的大脑取去"研究"，自此"人间蒸发"。

白发苍苍的哈威手捧爱因斯坦的脑子

不过，《新泽西月刊》（New Jersey Monthly）的记者史蒂夫·利维（Steve Levy）循踪追迹，在1978年8月辗转追到堪萨斯州的威奇托（Wichita）城，找到了流落民间的爱因斯坦的大脑，以及穷困潦倒的哈威。爱因斯坦的大脑还在哈威办公室的冰柜内的一个甲醛溶液瓶中。哈威说，大脑的大部分已被切成片分给有关专家研究，但结果尚未公布。不过，记者并没有看到大脑的任何部位有奇异之处。有关新闻被立即发表在1978年8月版的《新泽西月刊》上。

看来，爱因斯坦的奇异之处并不是他的大脑，而是他如何奇异地用脑——也许，"不识女儿"与"支票当书签"，就是他奇异地用脑的一部分吧！

读者朋友，你说爱因斯坦的脑子究竟是"好用"，还是"不好用"？

"不务正业"的专利员

——爱因斯坦上班干"私活"

"无论我走到哪里，站到哪里，

我总是看见眼前有一张我的画像，

在写字台上，在墙壁上，

在脖子周围，在黑色的丝带上……

男男女女怀着钦佩的神情，

去索取一个签名留念。

每人从一个被敬重的人那里，

得到几个潦潦草草的字儿。

有时我好像感到无比幸福，

但在那清醒的瞬间，我却想：

是否自己发了疯？

还是变成了一头蠢牛？"

这是一首爱因斯坦写的诗。

赫尔曼·爱因斯坦

1920 年，一位女士为了庆贺自己的生日，买了一张爱因斯坦的画像，然后到爱因斯坦的家中，请他题词。爱因斯坦思索了一下，破例写了这首诗。

爱因斯坦从小就"发了疯"。

1879 年 3 月 14 日，是一个春寒料峭但又阳光明媚的星期五，德国南部的古城乌尔姆的教堂的钟声还没有敲响，犹太人赫尔曼·爱因斯坦（1847—1902）——一个拥有接近 200 名员工的中型电器企业的老板，就看到了"上帝"给他的第一个儿子阿尔伯特·爱因斯坦。

3 岁时的爱因斯坦

小的时候，爱因斯坦对大自然就有浓厚的兴趣：雨为什么会从天上掉下来？月亮为什么又不掉下来呢？他在三四岁的时候，还不太会说话，为此，女佣人还叫他傻瓜；他在 4 岁一次生病的时候，他对父亲拿来的小指南针红色的一端老是指着同一个方向特别好奇……

1896 年 10 月，17 岁的爱因斯坦考入瑞士苏黎世工学院师范系。1900 年，21 岁的爱因斯坦毕业后，虽然当了中学代课教师和家庭教师，但还是算处于半失业状态。对于爱因斯坦的这种窘境，他的朋友与同学马塞尔·格罗斯曼（1878—1936）看不下去了。1902 年大约 5 月底，格罗斯曼说服了自己的父亲 G. 皮尔（一家纺织厂的管理者），把爱因斯坦推荐给了瑞士专利局局长 F. 哈勒。通过面试，爱因斯坦于 1902 年 6 月 16 日受聘于瑞士伯尔尼专利局，当了试用的三级专利审查员，同月 23 日上班。出生在匈牙利的格罗斯曼，后来成为用数学工具帮助爱因斯坦创立广义相对论的著名数学家。

格罗斯曼

专利审查员的工作对于爱因斯坦来说很轻松。通常每天只要三四个小时，有时只要一两个小时，就可以把一天的工作全部做完了。可是，专利局规定工作人员要"坐班"——不许随便离开，也不允许做别的工作。爱因斯坦对这种"只务正业"很不习惯——他的"私活"没法干。左思右想，他终于想出了一个巧妙的办法：把"业余"的书放在抽屉里看，把"业余"

的小纸片放在抽屉里摆弄。一旦局长走过来了，他就把肚子朝前一挺，关上抽屉，这就"蒙混过关"了。他还在上班时间不断进行"业余"计算，把算出的结果塞进抽屉里隐藏起来。

在这几年中，在伯尔尼的一条小路上，人们经常看到这个年薪仅3 500瑞士法郎的专利局的小职员。他推着一部婴儿车，每走十几步就停下来，从上衣口袋中拿出纸片和铅笔，写下几行数字和公式，然后低头看一眼酣睡的儿子，抬头看一下钟楼上的大钟，又向前走去。到了一定的时间，他就赶紧回家把孩子交给妻子，又钻到一角去完成他的计算。

爱因斯坦不仅擅于思考，而且专注力非凡。在他生日的晚宴上，朋友们送来了鱼子酱，这是他一直想吃却从未品尝过的。鱼子酱吃完了，朋友们见他吃了不少，就问他："味道怎样啊？"可爱因斯坦一脸茫然，不知如何应对，因为他不是在独自思索，就是在和朋友热烈地讨论物理学，根本没有注意吃的是什么东西！

…………

1905年，爱因斯坦的狭义相对论诞生了。

不但如此，爱因斯坦在创立广义相对论的时候，也处于高度紧张状态，痴迷于科学研究之中。他的第一任妻子米列娃·玛丽丝后来回忆说："他回到楼上的书房里，叫我不要打扰他。他在里面待了两个星期。我每天上楼给他送饭，傍晚时他下来散步片刻，然后又回到书房里工作。他终于从书房里下来了，脸色很苍白。他对我说：'就是这个。'疲惫不堪地把两张纸放在桌上，那就是他的相对论。"

30年痴迷磨镜
——列文虎克发现微生物

列文虎克

"列文虎克？没听说过。"一个大腹便便的先生对他旁边的瘦绅士说。

"他呀，是一个没有文化的杂货铺学徒、卖布的商人，连英语也不会说的荷兰人，难怪你不了解他。"瘦绅士回答。

"是啊，这种没文化的商人也配当会员，这也太不严肃了吧！"

"不过，听说他很有能耐，用一个什么镜片就能看到一滴水中有273万个小生物。"

…………

那么，列文虎克究竟是什么人，他凭什么"很有能耐"地"看到一滴水中有273万个小生物"呢？

17世纪中叶，荷兰小镇代尔伏特（Delft），一个不是"高文化"的青年，认认真真、不厌其烦地在磨制一块又一块的透明玻璃，致力于完善玻璃上每一个平淡无奇的细节……

磨呀磨，磨呀磨……一磨就历经了几十个冬夏春秋。最终，竟然"磨"出了一个"崭新的世界"……

他是谁？磨玻璃来干什么？这个"崭新的世界"是什么样子？

显微镜在 16 世纪末诞生以后，就以能"明察秋毫"的魅力，像磁石一样吸引着成千上万的追求者。上述青年——安东尼·凡·列文虎克（1632—1723）就是其中最痴迷的一个。他把一块又一块的玻璃，磨成放大镜即凸透镜，最终组装成了显微镜。

列文虎克制作的显微镜

列文虎克出生在荷兰代尔伏特镇一个普通的工匠家庭，5 岁时父亲就辞世了，继父也在他 10 岁左右时去世。这使他初中毕业后就再也没有读书，而是在 16 岁时去荷兰首都阿姆斯特丹的一家杂货铺里当学徒。

白天，列文虎克忙碌在柜台、杂货和顾客之间；夜晚，当店铺关门以后，在昏暗的灯光下，他很快进入了另一个世界。他如饥似渴地阅读着从书摊租来或从别人那里借来的各种书籍。夜很深了，人们都已进入了甜蜜的梦乡，只有隔壁那家眼镜店的工匠们磨制镜片的沙沙声，在陪伴着他挑灯夜读。

一天深夜，列文虎克看书看得两眼发花，头脑发胀，于是从小屋里走了出来。当走到眼镜店的作坊前，他看见工匠们正在用熟练的双手，不知疲倦地磨着均匀透亮的镜片。看着看着，他忽然想起曾听人家说过，明净的玻璃可以研磨成小小的凸透镜，通过这种镜子看东西，能把小东西放大许多倍。于是，他也渴望用自己的双手磨出这种镜片，带他进入用肉眼看不到的"小世界"，窥探那里的奥秘。他就赶紧凑到一位年老的工匠身边，请求说："老爷爷，求您教给我磨制镜片的手艺吧！我不会占用您太多时间的……"

从此，一有空闲，列文虎克就来到这家眼镜店学习，很快就掌握了磨制镜片的技术。

显微镜下的跳蚤

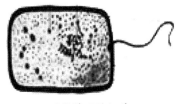

显微镜下的细胞

不知多少个夜晚，他跪在作坊的一角，用工匠们扔掉的玻璃片在磨具上磨呀磨。手磨破了，腿跪麻了，裤子也磨破了两个大洞……不知不觉，已经东方欲晓。

一天早晨，他终于磨出了一块小巧玲珑，光亮夺目的凸透镜。它很小，但却可以将物体不变形地放大几十倍。他把制成的镜片，镶嵌在一个木架上。

不久，列文虎克感到原有的镜片放大倍数不够，而且木制的镜架既粗糙又笨拙。他冥思苦想，设计出了把两个镜片嵌在铜、银或者金制的圆形管子两头，中间安一个旋钮，用来调节两个镜片的距离的装置，这样就可以看到更清楚的图像了。这就是世界上最早诞生的金属结构的显微镜。

6年的学徒生活结束了，22岁的列文虎克回到代尔伏特，独自开设了一家布匹商店。尽管商店的生意紧张，工作忙碌，他仍然没有放弃打磨显微镜和用它进行科学观察。

不久，列文虎克关闭了布匹商店，在市政府谋取了一份包括当传达员在内的市政事务的工作。他在这个岗位上一直工作了近70年，再也没有离开过这个小城和换过工作。除了按时开关大门，准时敲钟报时，他把所有的闲余时间都拿来研磨显微镜镜片，并用它观察自然现象。

总之，不管是当学徒、商人，还是当德尔夫特镇的看门人，列文虎克一直在磨镜片，直到终老……

列文虎克就这样专注细致和锲而不舍地磨呀磨，他的技术已经超过了专业技师，他磨制出的复合镜片的放大倍数最多的达到275倍。

美丽的大自然千变万化、神秘莫测，它不断地给人类展现出一幅幅五彩缤纷的宏观画面。

然而，大自然还拥有一个直接用肉眼永远也见不到的色彩斑斓的微观世界，在频频向人类招手微笑。而第一个走进这一世界的使者，就是显微镜学家、微生物学家列文虎克。

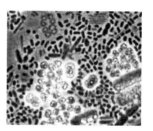

显微镜下的微生物

1668 年，36 岁的列文虎克就用自制的显微镜，证实并发展了意大利生物学家马尔比基（1628—1694）在 1661 年发现毛细血管和 1666 年发现红细胞（观察到红细胞是怎样通过兔子耳朵的毛细血管和青蛙脚上的网状血管进行循环的）的相关研究。

1674 年，列文虎克又用自制的显微镜瞄准了微观世界，结果看到了鱼、蛙、鸟类的卵状红细胞和人的圆盘状红细胞。于是，他成了第一个看见并描述使血液呈红色的红细胞的人。

那么，肉眼看不到的其他地方呢？列文虎克的观察没有停息。

1675 年 9 月的一天，是列文虎克一生中最重要的一天。这一天，他浇完花以后，忽然想看看水滴放大了是什么样儿。于是，他在花园的水池里取出几天前下雨时积贮的雨水，放到显微镜下观察。

不看不知道，一看吓一跳！显微镜下，惊讶不已的列文虎克看到了许多他称之为"微型动物"的东西，在那一小滴雨水中浮游着、扭动着，活像一座动物园。这就是他偶然发现的"微生物世界"，也就是前述的那个"崭新世界"——水滴内有一个他完全意想不到的富有生命的"小人国"。就这样，他成了历史上第一个看到微生物的人。

接着，列文虎克又在河水、井水、脏水等处发现了类似的"微型动物"。例如，他发现，一个老头的牙垢里的微生物，竟然比他所在的国度——整个荷兰王国的居民多得多。此外，他还在肠道中发现了微生物。

虎克用显微镜观察到
的软木片的细胞结构

由此，列文虎克得出结论，我们的周围存在着人们用肉眼看不到的微生物。

这一发现使人们大开眼界——原来，

还真有肉眼看不到的小动物迫使我们"与菌共舞"！为此，列文虎克还撰写了人类关于微生物的最早的专著——《列文虎克发现的自然界的秘密》。

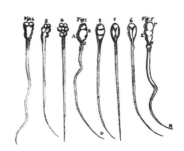

列文虎克观察到的兔精子（左边4个）与狗精子（右边4个）

列文虎克发现微生物，看似偶然，实则是人类受好奇心的驱使，加上他威力强大的显微镜形成的必然，是水到渠成的。

在1675年到1683年间，列文虎克还发现了轮虫、滴虫、动物（与人类）的精子和细菌等。他还描述了细菌的3种类型：杆菌（*bacilli*）、球菌（*cocci*）和螺旋菌（*spirilla*）。他对动植物的显微构造也有细致的观察。1677年，他在检查自己的精液时发现了人类的精子，对于破解"生命个体是如何发育成的"这一当时的"悬案"，具有重大的科学意义：他由发现精子提出的"精源论"（在精子内已有成形的幼体），揭开了精源论与"卵源论"（在卵子内已有成形的幼体）争论的序幕，进而引出了"渐成论"（性细胞中不存在任何雏形，各种组织和器官在个体发育过程中逐渐形成）和"预成论"（在精子或者卵子内已存在成形的幼体，精源论和卵源论都属于预成论）的争论——虽然他的精源论与"有分别代表男女的两种精子"的说法都不对。

不但如此，列文虎克还在1677年给英国皇家学会写了一封能让人体会到他内心无比矛盾的信（当时认为研究精子是伤风败俗的事）："如果大人您觉得，这些观察结果会让受教育的人感觉恶心或者引发丑闻，我以最恳切的心情恳请大人您不要声张，要发布、要

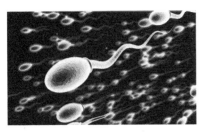

显微镜下的人类的精子

销毁都悉听尊便。"他所提的"大人"——皇家学会第二任会长（1677—1680在任）、外交家、政治家约瑟夫·威廉森（1633—1701）爵士，最终把他的研究结果发表在了1678年的《自然学会科学报》（*Philosophical Transactions*）上，以此打开了精子生物学的全新领域。

格拉夫

列文虎克是磨制显微镜的主要实践者——他一生都在改进和实际磨制。最终，他把显微镜的放大倍数提高了270倍以上。他掌握了当时世界公认的最先进的磨镜片技术，一生亲自磨制了550多个透镜，装配了247台（一说约400台）显微镜——保留下来的9台，现存于荷兰乌得勒支大学博物馆。其中的一台能放大275倍，分辨率为1.4微米；人们甚至认为他曾制造出过放大500倍的显微镜。他也因此被称为"显微镜之父"。他的手艺从不外传，最终还是在他的朋友、荷兰著名医生雷尼埃·德·格拉夫（1641—1673）的反复劝说之下，他才于1674年第一次写信给英国皇家学会，并在后来把显微镜寄给该学会，所以至今人们还不知道他巧夺天工的制镜方法。格拉夫也是一位解剖学家，他在此前热情地写推荐信给英国皇家学会的两位第一任秘书长之一的亨利·奥尔登伯格（1619—1677，出生在德国），坚定地支持列文虎克那"远远超过我们所看到的"显微镜。

显微镜下花丛中的蝴蝶卵

1674年的一天，英国皇家学会收到了列文虎克写自阿姆斯特丹的这封信。信中说："我用自己制造的显微镜，观察皮肤、鸡毛、跳蚤、血液等细小的东西，看到了一番意想不到的景象。"他还说，当他刺破手指，好奇地观察血滴的时候，发现在这流动的红色液体中竟有许多像小车轮一样在滚动的血液细胞，就立刻把

17 世纪后期列文虎克的显微镜

这个发现描绘下来了。无须赘言，这封信就是列文虎克写的。然而，学会并没有"立即行动"。

英国皇家学会没有"立即行动"的原因是，学会里的大科学家们对此感到震惊，更表示怀疑——不相信列文虎克信中所说的内容。在这种情况下，列文虎克只好将发现的结果整理出来并绘制成图，再次写信寄给英国皇家学会。直到 1677 年，英国博物学家、物理学家、发明家罗伯特·胡克（1635—1703）按照列文虎克的说明做了一台显微镜，亲眼看到他来信中叙述的场景为止。

"开始行动"是在 1680 年 2 月 8 日。这一天，英国皇家学会总部大楼人声鼎沸，学会会员和邻国的一些科学家云集这里，商讨重大科技发现，会员们还将投票选出一位外籍新会员。这就有本故事开头"大腹便便的先生"与"瘦绅士"，在开会之前碰面时那样的议论。

"安静，安静！女士们，先生们！"学会会长约瑟夫·威廉森发话了，"我荣幸地向大家介绍一位新朋友——荷兰的安东尼·凡·列文虎克……"

显然，这异国他乡的列文虎克，是用他的高招绝活——显微镜，使英国当时的最高学术机构英国皇家学会如此兴师动众。

光阴荏苒，列文虎克不断地磨制显微镜，认真细致地观察微观世界。他把所观察到的新发现，源源不断地通过写信给英国皇家学会，直到他逝世那年为止。他总共向英国皇家学会写了 190 封信，寄送了 375 篇研究论文，详细介绍他的显微镜与用它在各领域取得的研究成果，还向法国科学院寄送了 27 篇论文。

列文虎克终于被"彻底"承认了，他的伟大发现使他名扬四海。只有初中文化的他，被授予了在人们看来是高不可攀的巴黎科学院外籍院士的头衔，英国皇家学会也在1680年2月8日这一天吸收他为外籍会员。人们从四面八方涌来拜访他，向这位年老的传达员请教各种各样的问题。到小城拜访的，不乏达官贵人。就连高贵的英国女王（1689—1694在位）玛丽二世（1662—1694）也给他发了贺信，还亲自到代尔伏特拜访他。1698年，俄国沙皇彼得大帝（1627—1725，即彼得一世）也登门拜访，并买了一台显微镜带回俄国珍藏。

…………

列文虎克近70年的磨制、观察，一生痴痴地探索，老老实实地把每一个玻璃片磨好，致力于每一个平淡无奇的细节的完善，终于在他的细节里看到了他的"上帝"，人类科学也在他的细节里看到了自己更广阔的前景——在微生物学、生物学、胚胎学、医学……更否定了错误的"生命自然发生说"。这种学说认为，生命是自然发生的，例如腐烂的草会自然长出萤火虫，牛粪会自然生出蛆虫来。

微生物的发现，是列文虎克对人类的重大贡献——对后来的生物学等的发展产生了巨大的影响，所以美国科学作家迈克尔·哈特在《历史上最有影响的100人》中，把列文虎克排在第39位。"微生物的发现，是人类史上最具有潜在力的伟大发现之一。"《历史上最有影响的100人》在高度评价列文虎克的时候说，"主要通过个人奋斗而做出的重大发明实在是屈指可数，而微生物的发现就是其中之一"，"与生物学中大多数其他进展不同，根本就不是先前生物学知识的自然产物，"而是"列文虎克独自研究"的结果。

在分析列文虎克为什么能做出这一伟大发现的原因的时候，哈特也大加赞赏。列文虎克"没有受过任何高等教育（他只念过初中，除荷兰语外不懂任何语言）"，完全是靠自学成才。"人们有时会认为列文虎克完全是凭运气才做出了一项重要的科学发现，但事实上是由于他认真地制作出质量超前的显微镜，使他的观察更为准确，因而他对微生物的发现自然就是其中的一个结果。换句话说，他的技巧和甘苦的结合使这一发现成为必然——恰好同纯粹的运气相对立。"是的，显微镜在列文虎克之前几十年就诞生了，但是这几十年内别人并没有做出相同或类似的发现——这一事实就是明证。

乌尔曼

对于列文虎克，我们要在哈特的观点之外说上几句。

伟大的中国思想家、政治家、教育家、史学家、文学家梁启超（1873—1929）在《梁启超家书》中说："只要在自己的责任内，尽力去做，便是第一等人物。" 没有"高文化"的列文虎克，从来都没有想当"第一等人物"。然而，他"尽力去做"，致力于每一个平淡无奇的细节的完善，而且一干就是一辈子，于是成了名垂青史的"第一等人物"！

梁启超还最佩服中国政治家、战略家、理学家、文学家曾国藩（1811—1872）的两句话："莫问收获，只问耕耘。将来成就如何，现在想他作甚？着急他作甚？"列文虎克从来都没有"问收获""将来成就如何"。然而，他在"只问耕耘"——从现在做起，从一点一滴做起，没有"想他作甚""着急他作甚"之后，却成了彪炳史册的"第一等人物"！

放弃好高骛远吧！不要整天唠叨那脱离国家利益的"丰满理想"，只需要和人民休戚与共，风雨同舟，每天踏踏实实地从我做起，从一点一滴做起，就能聚沙成塔，集腋成裘，才可能有"凌绝顶"时"一览众山小"的那一天！反之，则会像出生在德国的美国作家塞缪尔·乌尔曼（1840—1924）在散文诗《青春》中所说的那样："理想丢弃，方堕暮年。"

只有既讲"权利和权益"，又讲"责任和义务"，才能放飞梦想，成就理想——您的选择将决定您的一生！

"真理只是一颗纯洁的明珠，它虽然晶莹透亮，却仿佛比不上那些五颜六色的玻璃片。"列文虎克在"一年又一年，一生'不'为这一天"之后，怎么就成了"第一等人物"？英国哲学家弗朗西斯·培根（1561—1626）的这段话，以及以上两段的叙述，能启发我们回答这个问题。

…………

列文虎克身体健壮，到晚年仍能继续工作。最终，"嗜好"磨镜的列文虎克，在代尔夫特以虚岁 91 岁的高龄与一生钟爱的显微镜长辞——他的躯体将变为他发现的微生物的美餐，留下的则是和我们朝夕与共但肉眼却看不见的微生物……

列文虎克留给我们的思考是：为什么显微镜在 16 世纪末诞生以后的几十年中，虽然有包括伽利略等"大腕"在内的群雄逐"镜"，但唯有当商人和看门人的"业余科学家"——没有"高文化"的列文虎克，经过在日复一日、单调枯燥，甚至在充满粉尘的环境中劳动之后制作的显微镜脱颖而出，成为荷兰"国宝"？这不就是"工匠精神"么！这不就是没有"高文化"也能"行行出状元"的事实例证么！这不就是"高文化"和"低文化"各有所长（当然不主张忽视提高文化水平）、关注点不尽相同，"低文化"们也不必自卑的哲理么！"细节决定成败。"这是一句著名的流行语。列文虎克精心打磨镜片的"细节"，让自己的显微镜折桂登顶，这一事实对此做了优雅的诠释。

正是：成才不问文化，登顶就是英雄。

不过，列文虎克却非常谦虚。他在 1716 年 6 月 12 日的一封信中说："虽然我已经做了很长一段时间的工作，但并不是为了获得我现在享受的赞美而去追求的——追求的主要动力是对知识的渴望……"他的同胞对他赞赏有加：2004 年，在荷兰进行的一次名为"最伟大的荷兰人"（De Grootste Nederlander）的民意调查中，列文虎克名列第四……

新郎跑到哪里去了

——爱迪生迷恋实验室

爱迪生在实验室

1871 年 12 月 25 日圣诞节，爱迪生 24 岁，他要举行隆重的婚礼。

平时的爱迪生，从来不注意自己的外表。衣服经常全是褶子，有的还被酸碱腐蚀出了大大小小的洞，皮鞋极少上油，手上常被化学物品染得五颜六色，头发有时也很零乱。

圣诞节这天早上起来，要做新郎官的爱迪生就把自己"包装"了一番。他把头发打扮得油光发亮，衣服"焕然一新"，皮鞋也擦得锃亮。

这时，一位朋友走了进来，看到爱迪生打扮得与平日判若两人，并在房间里不停地、焦急地来回踱步，就问他出了什么事。爱迪生回答说："我今天穿这身新衣服要去办一件很重要的事，但忘记是什么事了。"

朋友安慰他说："不要着急，慢慢想想。"爱迪生又来回踱步几分钟之后，忽然高兴得大叫起来："哦，我想起来了，今天我结婚，等一会要去举行婚礼！"

婚礼上，许多朋友都前来贺喜，到处洋溢着一种欢乐、热闹的气氛。下午两点，婚礼刚刚完毕，爱迪生就偷偷溜进了他的实验室。原来，这段时间他正在改进电报机，他要研究一种自动电报机。即使在结婚这一天，他也放心不下他的电报机。

玛丽

一些客人要和他交谈，于是到处找他，但却不知道他到哪儿去了。直到晚上10点多，还没找到。只好派专人再去寻找，最后终于在晚上12点才在实验室里找到——他正旁若无人地在那里摆弄着他的电报机。

为什么爱迪生在结婚这天还放心不下他的电报机呢？这正是他痴迷于实验的结果。在举行婚礼的时候，他的注意力仍在电报机上，还突然想到了解决自动电报机设计的方法，怕时间久了忘记，于是悄悄告诉新娘子玛丽·史迪威·爱因斯坦（1855—1884），他要到实验室去一下，晚饭时就回来。新娘子想到他不会耽误太久，就同意了，没想到他一去就是十来个钟头。

投入工作后的爱迪生竟忘了今天他还是新郎，新婚的上半夜就让新娘守空房。

爱迪生婚礼这一天也没有停止工作，那他要工作到什么时候呢？在他77岁时，有一个朋友问他什么时候退休，他回答说："下葬的前一天。"

对发明的痴迷和善于利用集体智慧，使爱迪生得到发明大王的美誉，在他难以准确计数的发明中，实用白炽灯和它的一套完整的供电系统、活动电影机、录音机是他的"三大发明"。

米娜

结婚13年后的1884年8月9日，爱迪生的首任妻子玛丽不幸早逝。一年半以后的1886年2月24日，爱迪生和米娜·米勒·爱因斯坦（1865—1947）结了婚。值得庆幸的是，米娜和玛丽一样善良和勤劳，她忠实地陪伴着爱迪生度过了 45 个春秋，直到他 84 岁逝世。他的两位妻子都给他生了三个孩子。他的成功有一半也应归于他的两个妻子，特别是非常有教养的第二任妻子米娜。按著名编辑、电气工程师——曾于 1877—1879 年在爱迪生的门洛帕克（Menlo Park）实验工厂工作的托马斯·柯默福特·马丁（1856—1924）在《爱迪生，他的生活和发明》一书中的记载，爱迪

马丁

生"没有什么其他爱好，从来不参加什么运动和娱乐，连生活上起码的卫生要求也完全不顾"，多亏他妻子"把照料爱迪生当作自己的一个生活目的。要不然，他由于这种马马虎虎的生活习惯，就得早死好多年……"

蜂窝、鸡蛋、发酵粉、湿柴

——爱迪生"一个都不能少"

"妈妈，咱们住的这地方叫什么州呢？"

"这里为什么叫米兰镇呢？"

"那第一个到米兰的人是谁呢？"

…………

爱迪生的母亲

爱迪生性格沉静，跟哥哥姐姐不同，喜欢思索，好奇心很强，他看见不明白的事情就问，从小就对自然界充满了浓厚的兴趣，遇事总爱刨根问底。上面的问题就是他千千万万个问题中的一部分。

爱迪生 4 岁的时候，想看看篱笆上的野蜂窝有什么奥秘，就拿一根树枝去捅，结果被野蜂蜇得满脸红肿，几乎连眼睛都睁不开了。

5 岁那年的一天，爱迪生又发现了一件稀罕事——母鸡孵蛋。他连蹦带跳地跑去问母亲南希·马修斯·艾略特（1810—1871）（婚后名南希·艾略特·爱迪生）："那只鸡把蛋放在屁股底下坐着干吗呀？"

母亲耐心地回答："这是鸡妈妈在孵小鸡。"

"什么叫孵小鸡？"爱迪生歪着头问。

"孵小鸡就是让鸡娃娃从蛋里钻出来。"

"那为什么鸡妈妈要坐在蛋上面呢？"爱迪生要打破砂锅问到底。

当过中学教师、懂得孩子心理的母亲一点也不嫌麻烦，继续耐心地回答说："鸡妈妈怕鸡蛋着凉，要给它们暖和暖和。"

听了母亲的回答后，爱迪生决定亲自试一试小鸡是怎样孵出来的。

当天，已经夕阳西下，而爱迪生却一直没有回家。一家人怀疑他掉到河里了，很是焦急，四下寻找。直到傍晚，母亲才发现一只"大老母鸡"在后院草堆上的鸡窝里蹲着，正小心翼翼地趴在一堆鸡蛋上孵小鸡呢！虔诚的"大老母鸡"——爱迪生饿着肚子，从早到晚整整"孵"了一天，屁股上沾满了鸡蛋清和鸡蛋黄，但小鸡却没有孵出来。

见到这一情景，父亲骂他是呆子。可是，母亲并没有责怪他，相反，她从孩子的呆劲上发现了可贵的东西。

又有一次，11岁的爱迪生出的"新招"几乎闯了大祸。他从书里读到气球上天的原理后，天真地想，要是人体充满了气体，不是同样可以飞上天么？那么，气体从哪里来呢？他想到了发酵粉——用了它以后不是可以产生出许多气泡，使面包有一个个的小空洞吗？于是，他就用发酵粉和其他原料配了一包"腾空剂"药粉，和5岁的小伙伴米吉利偷偷地进行试验。

听了爱迪生哥哥的"花言巧语"之后，米吉利吃下药粉，就躺在草地上，等待着爱迪生给他说的"飞天"的那一刻。可是，半个小时过去了，米吉利还是没有飘飘欲仙的"新感觉"。相反，"内部危机"却写在脸上——肚子疼得难受，他只好捂着肚子在地上打滚。爱迪生把耳朵贴在米吉利肚子上，听到了肚子里产生的气体的"哗！哗！"声，就叫他坚持一下："挺住！别嚷！"

可是，米吉利还是挺不住了。他终于一边大哭，一边在草地上痛苦地打滚。

听到哭声，邻居和爱迪生的母亲围了上来。

"哈哈，给他吃点发酵粉！"

幸亏母亲发现及时，赶快送往医院抢救，米吉利才免于一死。

父亲塞缪尔·奥格登·爱迪生（1804—1896）和母亲狠狠地训了爱迪生一顿："……你现在已经不是烧谷仓的小男孩了，如果不想经过艰苦的跋涉，想靠侥幸取得成功，你当发明家的誓言永远是一个梦想……"不但如此，父母还要

爱迪生的父亲

关闭他的"地窖实验室"——它是爱迪生在 10 岁多的时候"正式"建立的。爱迪生承认了错误，哀求他们不要关闭他的实验室。母亲看到他有悔过之意，才收回禁令，并进一步指导孩子的学习和实验。

提起烧谷仓的事，那是爱迪生 5 岁的事。

在春草碧绿的小河边，爱迪生从一堆围着篝火的人那里听到了"湿柴怕猛火"的说法。他不太明白，就问妈妈。

妈妈回答说："那是说，湿柴本身点不燃，但如果火大，把湿柴放在猛火里，湿柴的水分就会慢慢跑出来，最后也会燃烧起来的。"

"真的吗？"爱迪生的眼睛睁得圆圆的。

爱迪生决定"耳闻不如眼见，眼见不如实践"。湿柴好办，折些树枝就行了。可哪里有干柴呢？哎，对了，邻居的谷仓旁，堆着一堆焦干的柴禾。

折腾了一阵，爱迪生终于点燃了干柴。还没等他放进湿柴，火苗已经蹿起老高。当人们大惊失色地高叫"救火"时，为时已晚。熊熊大火使谷仓坍塌，化为灰烬。当邻居得知这是爱迪生的实验时，不禁怒火中烧。

结果，塞缪尔赔偿了邻居的损失，爱迪生的屁股也获得了爸爸的皮鞭"奖励"。

泪水汪汪的爱迪生满心委屈："妈妈，我不是玩火，我是做实验呀！"

爱迪生这种对实验的痴迷和由失败得出来的教训，后来成了他取得事业成功的重要因素。

"发明大王"为何失聪
——"火车实验室"出事之后

1859年，爱迪生12岁。此时，他的家境更困难了，他所热衷的实验，失去了经济上的支持。他只好出去打工——先是给人赶马车。

当时，从底特律到休伦港的铁路开始通车，爱迪生征得父母的同意，到列车上当报童——卖报，还兼卖糖果。这既可以赚钱糊口、购置实验用品，又不会埋没他对科学的兴趣。在火车开到终点站底特律停留的几个小时里，他还可以到藏书丰富的底特律图书馆去读书。他就利用这个机会到市里最大的图书馆去看书，无论刮风下雨，从不间断。

爱迪生的举动引起了一位老先生的注意，问他："你经常来这里看书，已读过多少书了？"

"我已经读了15英尺书了。"爱迪生的回答使老先生笑了起来，又问他："你刚才读的那本书，和你现在手里拿的这本书，内容完全不同，你读书的目的是什么呢？"

爱迪生的回答是："我是按照书架上的次序读的，我想把这图书馆里所有的书，挨着个儿都读完。"老先生大吃一惊，告诉他："你的志向真伟大。不过，读书如果没有目的，什么都看，效果却不会很大。你应该选定一个目标，然后向着这个目标去努力，才会有收获。"这次偶然的谈话对爱迪生的启发很大，对他的读书、学习和成长，都有着深刻的指导意义。

当然，爱迪生卖报也没有停止做实验。15岁那年，爱迪生经过老列车长同意后，借用了行李车的一个角落来做实验。他利用空闲时间，找到一些别人不用的瓶瓶罐罐，把行李车的一角当作"实验室"，在列车上继续他的实验。

然而，不幸的事却很快发生了。在这一年7月酷热难当的一天，爱迪生在客车上卖了两趟小商品后，疲惫不堪。他只好走到他的"流动实验室"，倚着车窗前的木桌打盹。恍惚之间，他想起了下一期的《先锋周报》的稿子还没写好，就强打起精神，取出纸笔，专心致志地写了起来。

列车风驰电掣，行进时剧烈地摇晃，好在再过20来分钟就要到达底特律了。

突然，列车剧烈震动了一下，接着"啪嗒"一声在爱迪生身后响起。他急忙回头一看，原来是剧震把木架子上的一瓶白磷震翻下来。随着他的一声"糟糕"响起，顿时地板上青烟缭绕，接着容易自燃的白磷引得火光四起，使整个行李车厢火光熊熊、浓烟滚滚。虽然他脱下衣服尽力拍打，但衣服也很快着了火；同时，他大声向列车长亚历山大·史蒂文森（Alexander Stevenson）呼救。史蒂文森用几桶水向大火泼去之后，火才完全扑灭。火虽扑灭，但这节车厢内一片狼藉，东西大多化为灰烬，好在没有酿成更大的灾难。

此时，怒不可遏的史蒂文森不容爱迪生分说，挥起大手，狠狠地打了爱迪生几个耳光。就这几个耳光，爱迪生的右耳从此就聋了，他也被解雇了。

尽管如此，爱迪生却痴心不改，他将行李车上的"实验室"搬回家，又继续进行实验了。

不久后，爱迪生得到了一个好机会。就在1862年8月，15岁的爱迪生做了一件见义勇为的大事。他从火车轮子底下救出了一个小男孩。后来才知道，这孩子的父亲就是当报务员出身的火车站站长麦肯基。站长为了表达他的感激之情，就教给他收发电报的技术，并推荐他到火车上担任报务员。这使爱迪生有了一个接触电学的机会，为他以后进行的伟大发明，奠定了良好的基础。可没过多久，他又被开除了，因为他白天做了一整天实验，在上夜班时熬不住打起瞌睡来。

1868年的初冬，21岁的爱迪生第3次被解雇。当时，他正在波士顿城的西方联合电报公司里当报务员。在那里，他又做起化学实验来。不料，硫酸从容器中漏出，流到隔壁的经理室里，把那里名贵的地毯烧坏了。

1869年的一天，爱迪生坐船来到纽约。不久后，他在一家电气公司找到了工作，从此，开始了他的发明事业。

没有了正常的听力，当然是一件坏事。然而，辩证法告诉我们，绝对的好和坏是没有的；此后的发展要因人而异——因势利导和怨天尤人的结果往往会大相径庭。

那么，爱迪生又是怎样因势利导的呢？

1925年，在爱迪生78岁的时候，曾有一篇文章说，他的耳聋对他只会有好处。他说："因为是个聋子，我就把Sesroit的公立图书馆当成我的避难所。从每一个书架的最低一层读起，一本一本地读，一直读到最上层。我不是单挑几本读，而是把整个图书馆的书都读完了。后来，我又买了一部Swoin出版的、最廉价的百科全书，我也从头到尾全读完了。"

"没有一艘船能像一本书，

载我们远离家园去旅游。

这旅游，最贫穷的人都能享受，

没有沉重的负担可忧愁。

运载人类灵魂的船帆啊，

是这样的价廉，这样的悠悠。"

在这里，我们把与爱迪生同时代的美国诗人狄金森（1830—1886）的诗，献给酷爱读书的爱迪生吧！

读者朋友，人生一定会有许多"意外事故"。我们不但要能以平常心对待鲜花与幸运，而且更要能和爱迪生一样，坦然面对荆棘与灾难；只有这样，"幸运女神"才会来敲你的大门。

忘吃饭与忘姓名

——爱迪生记性为何这样"差"

一天，疲惫不堪的爱迪生终于倒在椅子上甜甜地睡了起来——由于连续做实验，铁打的汉子也受不了。

到了用餐时间，佣人端上了饭，并轻轻叫醒了爱迪生，谁知他答应了一声又睡过去了。真是无巧不成书，他的助手白契勒此时恰好来看望他。见爱迪生睡得正香，而自己又恰好饥肠辘辘，就决定同这个爱搞恶作剧的朋友开个玩笑。

白契勒狼吞虎咽地把盘中的东西一扫而光，来了个"先吃为快"。他还照爱迪生的习惯，把一个空餐具翻过来，扣在另一个餐具上，然后静静地坐在旁边休息。

不一会儿，爱迪生醒来了。

"肚子闹革命"的爱迪生走到桌子前，准备用餐。这时，他忽然看着那空餐具怔住了。等了一下，他又哈哈笑了起来："看我这人，吃了饭我竟然忘了！"

不过，没多久，当爱迪生看见忍俊不禁的白契勒时，就明白自己上了当。

在日常生活中，爱迪生健忘的事当然不是一件。

"税捐逾期多日未缴纳，兹限于明日缴清，逾期将另处 1.25% 的滞纳金。"

一天，爱迪生收到了税务局向他发出的这个通知。这正是他当初在经营波普·爱迪生公司之际。

收到通知后，爱迪生当然不敢怠慢，匆匆赶往税务局。

交税的人很多，排成了弯弯曲曲的长队。爱迪生只好排在队伍里，但却专心致志地思考着发明实验所遇到的难题的解决方案。

"下一位先生，叫什么名字？"忽然，税务人员的问话把沉思的爱迪生惊醒。他这才意识到该自己了。

"请问这位先生的名字是……"

"我？我？我的名字是……是……"

开始，税务人员还以为"这位先生"是结巴，只好屏声静气地等着。过了好一阵子，他们才发现，他根本就是忘了自己的名字。人们无不哈哈大笑。

见此情景，税务人员无计可施，只好说："先生，你站在旁边吧，等想起名字再说。"

过了老半天，爱迪生一拍脑袋，喃喃地报出了自己的姓名："托马斯·阿尔瓦·爱迪生！"

可能有人要问，连自己姓名都记不住的人，又怎么可以搞科研而且取得那么多、那么大的成绩呢？

这好回答，只要看看这位"健忘大师"在"另外的时候"并不健忘就知道了。

在建造水泥厂时，有一天他和厂长梅逊一道去工地察看进展情况。察看工作自上午10点从碎石场开始，一直在包装厂看到夕阳西下。

回到家后，爱迪生才拿出笔记本，一口气记下了近600个问题。当他第二天将问题分门别类地交给梅逊时，梅逊惊叹不已！

平时做实验时，那些实验数据也像是刻在爱迪生脑子里似的，多年后还记得清清楚楚。

可见，爱迪生的记忆力十分惊人，只不过他不去记那些他认为没用的东西罢了。

谁也说不清爱迪生在生活中忘掉过多少大大小小不该忘记的事，但没有一个人认为他真正健忘。

只要利息不要本金
——爱迪生为何"不会算账"

除了健忘，爱迪生还常常"失算"。

当爱迪生为欧顿董事长发明了改良电话之后，欧顿准备以 10 万美元的价格买下这个发明。

奇怪的是，面对这个当时的天文数字，爱迪生在答应后又欲言又止。

"你是还有什么条件吧？不要紧，请说吧！"欧顿有些紧张地看着爱迪生。

"是的，有个条件。我希望，那 10 万美元最好是分 17 年给我，每年给我 6 000 美元，可以吗？"

欧顿大笑起来："你失算了，爱迪生先生！你算过吗？10 万美元存银行每年的利息都将超过 6 000 美元。这就是说，我每年只需付 10 万美元所产生的利息给你，而 10 万美元的本金则不需要给你了。这算什么条件！"

可是，爱迪生却认真地坚持道："如果这样你也有利的话，咱们就算是两全其美，定了吧？"

当后来人们谈起爱迪生的这一"失算"时，爱迪生才解释道："我搞发明研究，常常抱负很大，一有钱就投进发明研究中。因此，要是一次就收到 10 万美元，我肯定会全部用到实验中去的。钱用光了，我还得为每年的生计发愁，还有什么时间和心思搞实验呢？"

后来，爱迪生为西联公司发明了高音电话机，又获得了 10 万美元报酬。他依样画葫芦，同样坚持这一条件。

只要利息而不要本金，是怕把钱完全投入实验研究之中，这正是爱迪生痴迷实验研究的表现——他已经痴迷到自己也难以控制的地步了！

谁也说不清爱迪生一生有过多少次"失算"，但没有一个人认为他是真正糊涂。

睡着的比醒着的懂得多
——劳伦斯为何上课打瞌睡

1958 年 8 月底，国际和平利用原子能第一次会议在瑞士日内瓦举行开幕式。

会议的主持人郑重宣布：本次会议将献给卓越的美国物理学家欧内斯特·奥尔兰多·劳伦斯——他在这一个月的 27 日去世。

宣布完毕，与会的 43 位大名鼎鼎的辐射实验专家都低下了头，为刚刚逝世的"回旋加速器之父"劳伦斯默哀 3 分钟。

劳伦斯

此后，人们又以劳伦斯的名字命名新发现的 103 号元素——铹（Lr），以永远纪念这位不朽的科学家。

回旋加速器是加速微观粒子的有力武器，加速之后的微观粒子是轰开原子的"炮弹"，可以帮助科学家揭开原子的奥秘。1933 年，劳伦斯建成了世界上第一个大型回旋加速器，用了近 80 吨磁铁，可以使质子获得 1 亿电子伏的能量。

1901 年 8 月 8 日，劳伦斯出生在美国北达科他州的一个草原小镇上。他的父亲是当地学校的一位督学，受过一定的教育，而且嗜书如命，家里有着大量的藏书。这些书籍为劳伦斯提供了丰富的精神食粮……

劳伦斯在书山学海中流连忘返，他很小的时候，就对电学方面的书籍产生了浓厚的兴趣。

劳伦斯 15 岁的那一年，当地的一家报纸对他进行了一次专题报道，向世人隆重介绍了劳伦斯自制的收发报机。他用这台收发报机，可以与同学互通信息，还可以收到舰艇航行时发出的声响和从欧洲战场传来的战争新闻。

18岁的那一年，当秋天"秋雷催百籽"的时候，劳伦斯收到了南达科他大学的录取通知书。他虽然学的是医学专业，但是依然割舍不掉对无线电执着的爱。

劳伦斯以初生牛犊不畏虎的大无畏精神，直接找到了当了十多年电气工程学院院长的刘易斯·阿克利教授，同阿克利院长坦诚地交换了自己的意见。

劳伦斯给院长建议，无论学什么专业的，都应该对各种形式的无线电通信感兴趣，从而通过这套接收设备了解美洲大陆甚至大洋彼岸所发生的一切。他还建议，南达科他大学应该安装一套这样的设备，让学电气的学生学会操作无线电仪器。

阿克利院长是一位开明的物理学家，他觉得劳伦斯的建议非常有道理，就拨款购买了一套无线电设备。由于仪器质量太差，发出信号的效果不是太好。劳伦斯想尽一切办法加以改进，终于获得了较好的收发效果。

阿克利对劳伦斯的才华极为赏识，他觉得这样的学生是不可多得的，就劝说劳伦斯改学物理学。劳伦斯欣然答应，并从此与物理学结下了不解之缘。

有一次，因为头天晚上忙于接收一种异常的无线电信号，劳伦斯一夜都没有睡觉。

第二天，阿克利上课的时候，劳伦斯实在忍不住，就趴在桌上睡着了。其他同学见这位深得校长器重的高才生居然睡熟了，嫉妒的心理使他们一个个心中窃喜，等着看他挨批评，有的同学还大声起哄。

谁知院长向大家说道："没关系，让他睡吧。他睡着时懂得的物理，比你们醒着时懂得的还多。"

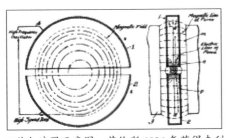
回旋加速器示意图，劳伦斯1934年获得专利

机舱思考忘戴耳机

——玻尔逃难险些丢命

1943 年 10 月的一个晚上，被德国法西斯占领的丹麦首都哥本哈根笼罩着一片恐怖气氛，一队队摩托车和囚车亮起"魔鬼们的眼睛"向四面八方散开，向它的目标窜去——法西斯匪徒的又一次大搜捕开始了。

著名的丹麦学者尼尔斯·亨利克·戴维·玻尔（1885—1962）也被列入搜捕名

玻尔

单之中。他必须在德国法西斯到来之前收拾好要带走的东西，藏好应藏的物品，逃到瑞典，再取道伦敦去美国。他的其他物品都收拾好了，最后，他的目光停留在实验台上。除了各种实验仪器，台上还放着一瓶王水和一枚熠熠闪光的诺贝尔金质奖章，奖章被放在一个小盒子里。

看到这枚奖章，20 年前的往事历历在目。1922 年 12 月 10 日，在瑞典斯德哥尔摩金碧辉煌的大厅里，他在庄严悦耳的乐曲声中从瑞典国王手中接过诺贝尔物理学奖（当年他独享）的金质奖章，这是为了表彰他在原子结构和原子发射谱线方面取得的研究成果。现在戴上它，或者藏在带走的物品之中，如果被发现，都会暴露自己的身份，后果不堪设想；留下吧，又会落入敌人之手。

正在左右为难的时候，他的目光落在实验台上那瓶王水上。"咦，它不是可以溶解一切金属么？"于是他想出一个绝妙的主意，将奖章溶解在王水中。他迅速将奖章放进王水……奖章体积越来越小，最后消失

187

得无影无踪，而王水却仍然晶莹透明。这时玻尔长长地舒了一口气，连忙拿起"王水瓶"，在茫茫夜色的掩盖下踏上了漫长的征途。

当德国法西斯窜进他的实验室时，玻尔已经在丹麦抗敌组织的帮助下通过厄勒海峡的一条秘密通道，坐在漂泊在波罗的海的小船上了。接着，他和家人到达瑞典。在瑞典的斯德哥尔摩附近一个荒废的机场上，被秘密地藏进了改装后的飞机炸弹舱中。在盟国安排下，他的一家到了英国，最终逃离虎口，到达美国。

在美国，玻尔和他的儿子艾吉担任制造第一颗原子弹的洛斯阿拉莫斯实验室的顾问。

那德国法西斯为什么要搜捕玻尔呢？原来，玻尔坚决反对纳粹分子的观点世人皆知，作为反法西斯专制的不屈战士，理所当然地被德军视为最危险的敌人。加之他的母亲是犹太人，因此玻尔也成为"半个犹太人"，而德国法西斯迫害犹太人是人所共知的。从1940年德国占领丹麦后，玻尔的处境就十分危险，但玻尔仍坚守在自己的祖国，直到他得到德军准备将他劫往德国的准确情报后，才不得已选择离开祖国。此外，他还帮助过许多丹麦籍犹太人潜逃出境，否则他们也会死在希特勒的毒气室里。

玻尔在瑞典到英国的途中，被安置在一架"蚊"式飞机的弹舱里。飞机因气流颠簸，还可能受到德机攻击，情况很危急。虽然环境如此险恶，但蜷缩在弹舱里的玻尔仍然在全神贯注地思考他要解决的科学问题，以致没有戴上飞机上联系必须戴的联络耳机，因此没能听到飞行员让他戴上氧气面罩的通知。当飞机上升到空气稀薄的高空时，他已经因缺氧昏过去了。

在伦敦机场上，欢迎玻尔的人们发现他已奄奄一息。

更使玻尔懊恼的是，在匆忙出逃时带走的、在生死攸关的航程中豁出命来保护的"王水瓶"，竟是一瓶地地道道的丹麦啤酒！原来，装王水的瓶子是一只啤酒瓶！他把它们弄混了！

1945年德国投降后，玻尔又回到哥本哈根的实验室。那瓶王水依然清澈如故，他打开瓶盖小心翼翼地放入一块铜。铜逐渐消失，瓶中出现了一块黄金，这是两年前溶入其中的那枚奖章的全部金子。他将金子取出，重新铸成了与原来一样的奖章。

"我被电击倒了"

——富兰克林为何欣喜若狂

"威廉，我被电击倒了！"一位科学家欣喜若狂，兴奋地跳起来。大声喊道，"但我终于证明了——闪电就是电！"

这真是怪人怪事，被电击倒了还高兴！是谁这样"悲喜不分"？

18世纪的时候，雷电曾在人们心中引起巨大恐惧——它们是"雷公""电母"在发怒。

本杰明·富兰克林

1746年的一天，美国科学家、政治家本杰明·富兰克林（1706—1790），有幸参观了英国科学家、医生、牧师阿奇博尔德·斯宾塞（1698—1760）来美国波士顿做的电学实验，受到很大启发。真是无巧不成书，他回到费城几天以后，又收到他的一位通信朋友、英国皇家学会会员、植物学家彼得·科林森（1694—1768）从伦敦寄达费城图书馆的一个莱顿瓶——当时流行的一种储电、放电的仪器。从这以后，他就开始动手做电学实验。

1750年，富兰克林发现，用圆钝的金属棍靠近已贮存电荷的莱顿瓶铁杆时，火花很弱；而换用尖头的金属体时，其间就会闪现比较强烈的电火花。这就是著名的尖端放电现象。当时，人们还没有发明电池和发电机，都是用起电机给莱顿瓶充电的方法来贮存电荷的。

富兰克林发现放电现象与天空中的闪电极为相似。当雷电发生的时候，正电荷区和负电荷区之间的电场大到一定程度，两种电荷就要发生中和并放出火花，这种现象叫火花放电。在火花放电时不但会发生强烈的闪光，还会发出巨大的响声。富兰克林猜想，这强烈的光就是闪电，响声就是雷鸣。他决心用实验解开雷电之谜，于是做了前面的尖端放电实验。

这种实验还不具备足够的说服力——它还不是雷电发生的真情实景。于是，富兰克林在一个朋友的帮助下，在巴黎竖起了一根 40 英尺（1 英尺约合 0.304 8 米）高的铁杆，在铁杆上装了一根尖铜棒，把它和一直通到地下的铜丝连接，以便进行雷电实验。试验成功了——雷电虽然打在铁杆上，但是从尖铜棒上经过铜丝一直通到地下。这个装置实际上就是避雷针。

雷电雨中富兰克林做风筝实验

为了进一步增强说服力，富兰克林还要把大气中的雷电接引下来。

在 1752 年 6 月 15 日，富兰克林和他的儿子威廉做了一次震撼 18 世纪电世界的"风筝实验"——将天上的雷电引下来做各种实验。这一天，美国费城的上空，黑云滚滚，雷声隆隆。富兰克林和威廉赶到郊外用风筝接引雷电。风筝用手帕做成，风筝顶上装了一根小尖铁棒，并用细麻绳系住风筝。麻绳末端分成两支，一支系一片铜钥匙，另一支接一段麻绳。风筝放到天空后，富兰克林握着麻绳，站在屋檐下观察。他明白，这个"引火烧身"的实验是很危险的，因此他对威廉说："万一发生不幸，你替我填写好实验报告书。"

当大雨倾盆，雷暴云来到风筝上空的时候，风筝上的小尖铁棒，立即从云中引下了雷电，加之牵引麻绳已全湿透，因而雷电直传到钥匙上。富兰克林发现，绳索上原先松散的纤维向四周竖起来，与实验中使毛皮带电毛发竖起来的情况完全一样。当他用手指靠近钥匙时，火花立刻向手上扑来。富兰克林感到一阵麻木，被弹倒在地上。

"威廉，我被电击倒了！"富兰克林兴奋地跳了起来，大声喊道，"但我终于证明了——闪电就是电！"

由于这次实验地点在费城，所以也叫"费城实验"。

那么，富兰克林知不知道实验有危险呢？此前，他曾将几只莱顿瓶连接起来，准备做一次电死火鸡的实验。不料，实验还未开始他就碰到了莱顿瓶，结果被当场击昏。当他醒来后却风趣地说："好家伙，我本想电死一只火鸡，但结果却差一点电死一个傻瓜。"可见，他是深知雷电被风筝引下来的危险的，但他仍然做了前述实验。

引雷电有危险吗？当然有。1753 年 7 月 26 日，俄国就有一位物理学家利赫曼（1711—1753）死于这类实验。他是在那一天和他的好友兼学生罗蒙诺索夫（1711—1765）用铁杆和导线引雷电到房间内时被电击身亡的。可见将雷电引下是很危险的。富兰克林不过是一个勇敢的幸运者，所以现在的青少年千万不要做这一类实验，以免遭遇不测。

英国化学家普利斯特利（1733—1804）高度评价了这一证明"天电"与"地电"相同、闪电不过是自然界的一种放电现象的费城实验，认为它是"伟大的发现"。很显然，这种评价是非常正确的：它不但揭示了上述科学界长期未能破解的奥秘，而且破除了人们对大自然的迷信——以为闪电、雷鸣是"上帝"在发怒。

1753 年，富兰克林因此荣获英国皇家学会的最高奖——科普利奖章，就不足为奇了。

富兰克林首先认识到"天电"与"地电"是一回事，并由此在1753 年在费城竖起了西方第一根避雷针……成为 18 世纪最伟大的电学家。他的第二块墓碑上面的铭文是："从苍天处取得雷电，从暴君处取得强权。"这一铭文，把他的主要丰功伟绩刻画得淋漓尽致。他的头像被印在 100 美元的大钞上，盖过了林肯、华盛顿等美国著名总统——他们的头像被安排在较小面值的美钞上。

这里需要说明的是，富兰克林的墓碑共有两块，第一块墓碑上写着："印刷工业者本杰明·富兰克林的身体（像一本旧书皮，内容已经撕去，书面的印字和烫金也剥掉了）长眠于此，作蛆虫的食物。然而，作品本身绝不会泯灭，因为他深信它将重新出版，经过编者加以校正和修饰，成为一种崭新的更美丽的版本。"

富兰克林为了证明"天电"就是"地电"，竟然冒着生命危险用自己的身体做试验，这是一种为科学献身的伟大精神，是一种痴迷于科学研究的精神！有了这种精神，还有什么困难不能克服，还有什么创造发明不能成功呢？

赫斯从高空摔下之后

——"做学问要不怕死"

1889 年建成的、高 324 米的埃菲尔铁塔举世闻名，每天吸引着成千上万的游客登高远眺，极目巴黎。它的建筑师古斯塔夫·埃菲尔（1832—1923）也因此闻名于世。

然而，有人关心的却是另外一类问题——它顶端的空气，远比塔底的空气被电离的多。这是什么原因？

1936 年诺贝尔物理学奖的两位得主之一、奥地利－美国物理学家维克托·弗朗西斯·赫斯（1883—1964）经过多年研究之后，终于发现了埃菲尔铁塔顶端与塔底空气产生电离差异的原因：放射线多少的不同。赫斯断定，这种放射线来源于太空，并于 1925 年正式把它命名为宇宙射线。从此，宇宙射线成为探索原子的一种新手段，赫斯也因此得了这个奖。

然而，这个发现却几乎是以生命为代价的。

赫斯出生在奥地利东南部德斯坦区的一个音乐世家，从小受到环境的熏陶。他本人也很有音乐的天赋，后来父母把他送到维也纳去学习音乐，他是很有可能成为一个大音乐家的。赫斯不仅显示出独特的音乐才能，也显露出他的数理才能。有一次，他参加

纪念邮票：1982 年艾菲尔 150 周年诞辰

赫斯

皇家科学青年的选拔赛，被选中，于是，他一头钻进数理的研究中去了。由于勤学精研，他很快成了物理学家，也是气球飞行的业余爱好者。

他在进入维也纳的镭研究实验室以后，发现工作人员正在寻找一种能导致空气电离的背景辐射源。当时，有人设想空气电离是因为受放射性物质污染的缘故。

1910 年 3 月 10 日，来自荷兰发肯堡的耶稣会神甫兼物理学教师沃尔夫（F. T. Wulf）在埃菲尔铁塔上进行实验时发现，塔顶被电离的空气与塔底被电离的空气之比为 100 ∶ 64，比他预计的 100 ∶ 10 要多。沃尔夫还提出，这种导致空气电离的辐射的起源可能在地球之外，可以用气球探空实验来证实。

为了研究高空宇宙射线的放射性能，赫斯在这一思路启发下，从 1911 年至 1913 年，整整研究了 3 年。他不顾个人安危，在当时技术条件较差的情况下，曾多次独自一人乘坐气球升入高空，到高空去观察。1911 年，他就做了 10 次大胆的气球飞行，第一次气球升到 1 070 米高，第二次更是升到 5 350 米高，所以他先后收集了地面直到这一高度的空气电离资料。

在取得第一手资料后，赫斯于 1912 年在《物理学》杂志上发表了论文《在 7 个自由气球飞行中的贯穿辐射》。论文预言：“强大穿透力的辐射是从外界进入大气的……”

1914 年，德国物理学家维尔纳·海因里希·古斯塔夫·柯尔霍斯特（1887—1946）将气球升到 9 300 米的高空，确证了赫斯关于存在宇宙射

赫斯（中）和同事们吊装气球

194

线的预言。不幸的是，柯尔霍斯特在慕尼黑的一场车祸中遇难。为了纪念这位研究宇宙射线的先驱，月球上的一个陨石坑，以他的名字命名。

有一次，气球出了故障，赫斯从高空摔了下来，人们赶紧将他送进医院。在医院里，他躺了一天一夜，一动不动，如同死人；很多人都认为没救了，家人也都给他准备了后事。出人意料的是，死神没有在这时召唤他，第二天他竟苏醒了过来。

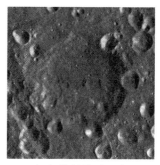

柯尔霍斯特陨石坑

赫斯恢复知觉后的第一句话就是："我还活着，是吧？！"接着就说："做学问要具备不怕死的精神，然后才能达到理想的境界。"

赫斯通过惊人、危险的实验，发现在 3 000 多米以上的高空中，放射线不但没有减少，反而增加，第一次成功地确定了宇宙辐射的存在。

在从事宇宙射线工作的过程中，赫斯的足迹遍布纽约恩派尔大厦的塔顶、南美、太平洋等地。1934 年年底，他受到奥地利、柏林两个科学院，特别是纽约洛克菲勒研究所的帮助，在因斯布鲁克附近的高山上建立了一个研究站，以经常观测海拔 7 000 米以上的宇宙射线……

赫斯认为搞科研至少要有三个条件：学识渊博的导师、完备的实验设备、丰富的资料，缺一不可。他主张科学家要有丰富的想象力。他很早就有到别的星球去看看的理想，直到晚年他还对自己的学生说："我想我还不算老，也许我还有可能到月球上去观光一番。"

深夜狂喊"引"来诺贝尔奖
——汤川秀树与介子

"就是它！就是它……"一阵狂喊，穿越寂静的夜空……

1934 年 10 月初，日本大阪，和往常一样，一个寂静的夜晚。

汤川秀树

突然，有一家人的电灯亮了。一位年轻人从床上"蹭"地跳起来，戴上眼镜，拿着一直在枕头边放着的笔和笔记本，援笔急书。一系列的计算式写完之后，他狂喜地看着，不由自主地大声喊道："就是它！就是它……"

在原子核内，质子带正电，中子不带电，它们之间没有电的引力；而它们的结合又是那样紧密，不易分开。那么，困扰物理学家多年的问题出来了：什么力使它们紧抱在一起呢？

啊！原来就是这种隐藏在原子核里的"小家伙"起了中介作用，把原子核内带正电的质子和不带电的中子紧紧结成一团的呀！这个困惑理论物理学界多年的秘密终于解开了！年轻人高兴极了，当然就禁不住要在深夜狂叫了。

年轻人把这种小粒子取名为"介子"。

这位年轻人，就是从 1934 年 4 月开始当大阪大学讲师的汤川秀树（1907—1981）。

那么，汤川秀树怎么会预言存在介子呢？

如果把他的发现看作是一个夜晚偶然的成功，那就大错特错了。要知道，单单解开原子核内质子和中子为何抱成一团之谜，汤川秀树就花了 2 年的心血；如果从他 20 岁开始着手探索原子核结构算起，有整整 7 年的时间。

汤川秀树生长在一个知识分子家庭。父亲小川琢治是一位兴趣广泛的地质学教授，他酷爱买书、藏书。母亲对孩子的教育也抓得很紧。汤川秀树是他俩的第三个儿子，后来成了医学家汤川玄洋的养子。汤川秀树从小爱学习，老是钻到父亲的书房里看书不出来，而且常为一些不同的看法与哥哥争辩。

上学读书期间，哪怕数学题再难，汤川秀树也非得靠自己的思索把它做好不可，即使妈妈喊他吃饭，他也不肯。每当难题解开，他就特别快乐。祖母常高兴地夸奖他："这孩子不管干什么事，只要他干起来，不干到底就决不罢休。"

正是这种自小爱学习、爱探索和敢于迎着困难上、锲而不舍的性格，促成他日后走上了成功之路。

读高三时，汤川秀树开始对物理产生了极大的兴趣。那是 1924年，恰好是旧量子论到新量子论——量子力学的过渡时期。尽管他觉得量子论难懂，可越是难懂越引起他的乐趣。他从书店买了不少有关量子论的书来学习研究。从德国学者弗立兹·赖赫的《量子论》中，他了解到理论物理学正处在矛盾纷杂的探索阶段。

汤川秀树正式开始对原子核的研究，是 1929 年他刚从京都帝国大学理学部物理学科毕业，留在学校物理学研究室搞科研的时候。

1932 年，英国理学家查德威克（1891—1974）发现中子以后，德国物理学家海森堡（1901—1976）就提出了核子间的相互作用力是一种交换力的假说。于是，汤川秀树就致力于从理论上寻求这种产生核力的交换粒子的具体特征，最终有了前面的发现。他提出的介子场理论的论文《关于基本粒子的相互作用》，在 1935 年正式发表。

接着，在 1942 年，汤川秀树的同胞坂田昌一（1911—1972）等人提出了两种介子理论。

1936 年，美国物理学家卡尔·戴维·安德森（1905—1991）在宇宙射线中发现了 μ 介子。1947 年，英国物理学家鲍威尔（1903—1969）又发现了 π 介子。他们的发现，证明了介子场理论的正确性。

介子的发现，不仅成为打开原子核更深层秘密的钥匙，也是进一步打开宇宙更多秘密的钥匙，标志着人类对物质的认识又大大前进了一步。汤川秀树因此独享了 1949 年诺贝尔物理学奖，成为第一个获诺贝尔奖的日本人。

用火柴照明背完的词典
——严济慈这样读书

夜，已经很深了；宿舍的灯，已经熄了好一阵子了；同学们，都进入梦乡了……

严济慈

可有个学生还在"夜读不觉晓"。他用功的方式很奇特：桌上放着一本书，手中拿着一盒火柴。划一根，赶紧看几行，火熄了就默默背诵、记住；过一会儿，再划一根……

这是 1912 年发生在浙江省东阳县（今东阳市）一所中学宿舍的怪事。

这位痴迷苦读的学生，叫严济慈（1901—1996）。他出生在浙江东阳一个贫困的小村庄里。在五个子女中，父母对他独寄厚望，竭尽全力负债供他一人上学。小济慈深知自己读书来之不易，为了不辜负家人的期望，他刻苦学习，一直不敢稍有懈怠。

天刚亮，中学的操场边就出现严济慈读书的身影。夜里读书没钱买灯油或蜡烛，他就用别人丢掉的蜡烛头。有时蜡烛头也捡不到，他就用火柴。

严济慈居然用上述火柴照亮的办法，背完整整一本英汉小词典！

天道酬勤。每当"苹果熟了""季节到了"的时候，总是检验耕耘者付出了多少汗水的时候。严济慈的学习成绩是：小学毕业考试第一；中学毕业考试第一；浙江省举行的全国 6 个高等师范联合入学考试，他又是冠军——这次是全省第一。

严济慈喜爱数学，对破解数学难题特别感兴趣，总是到处搜罗难题、怪题来做。在中学三年级时，他还当过一年级的数学代课老师，讲得学生们交口称赞。

凭着扎实的功底，在师长亲友的资助下，严济慈在1923年留学法兰西。在巴黎近郊一所中学补习法语半年之后，他在1924年5月进入巴黎大学理学院学习。

灯红酒绿的世界文化之都巴黎——是各国人们向往的地方，著名的埃菲尔铁塔、香榭丽舍大街、巴黎圣母院、凡尔赛宫、凯旋门……这些耳熟能详的观光名胜，严济慈居然没有出去游览过一次！因为他总觉得学习时间不够用，他要争分夺秒。虽然他学的3门课对他来说是"小菜一碟"，可是他并不是"60分万岁"的人。

"秋收"的季节——1925年的考试开始了，这是一杆严格公正的"秤"。7月初，3门学科发榜，严济慈的名字都高高列于榜首，同学们都大为惊讶，十分佩服，于是议论纷纷。

"严济慈是谁？"

"哦！就是那位中国人吗？"

"他只上过一年课，就取得3个文凭，真不容易啊！"

这在巴黎大学史无前例。即使是巴黎高等师范学校的优秀学生，在巴黎大学上课也只是一年报考1门，3年才能考完3门，取得3个文凭；而严济慈一年就完成了，更何况他入学时没上课就已取得了1个文凭，也就是说，他在一年内取得了4个文凭！

消息在巴黎不胫而走。

严济慈的老师法布里教授，选了石英晶体在电场中的形变的课题给严济慈——他观察到严济慈不仅基础理论扎实、知识面宽，且具有顽强的毅力和一丝不苟的科学精神，相信他会在这个领域做出创造性的研究成果。

严济慈把全部精力扑了上去，没日没夜地反复试验、探索，克服了重重困难，经过了一年半日日夜夜的努力，他终于用单色光测量到了石英通电后的细微变化，他成功了！

除了石英在电场中的形变，严济慈还研究了石英在电场中光学性质上的改变。他的博士论文《石英在电场下的形变和光学特性变化的实验研究》，以创造性的研究，超过了法布里教授原先对他的要求。

这一论文的发表，震动了法国科学界，消息再次在巴黎不胫而走。

一时严济慈声名大震，许多旅居法国的中国人无不扬眉吐气，为之欢欣鼓舞。

严济慈对石英压电效应"反现象"的精确测定，后来应用到许多领域。例如，我们的收音机、电视机、手机、电子计算机……

1927年6月，严济慈获得法国国家博士学位。他当年初秋就回国，开始走上报效祖国的奋斗历程。中华人民共和国成立后，他先后任中科院副院长、中国科协名誉主席、中国科学技术大学校长等要职，成为中国现代科学的奠基人之一、物理学界德高望重的泰斗，也是一位出色的教育家。

蒋英为何被"欺骗"

——钱学森一世忙碌

钱学森

钱学森（1911—2009）的大名如雷贯耳，他被称为"中国的航空航天之父"，著名的"两弹元勋"之一……他对世界科学技术的发展也做出了开拓性的、巨大的贡献。

1989年6月29日，国际理工学界授予钱学森"小罗克韦尔奖章""国际理工研究所名誉成员"和"世界级科技与工程名人"称号，对此，国家领导人特意在中南海紫光阁召开大会以表庆贺。

鉴于钱学森全心全意为人民服务的精神，以及他对中国科技发展的杰出贡献和对国防事业的伟大贡献，1991年10月16日，党和国家特授予他"国家杰出贡献科学家"称号和一级英模奖章。党和国家最高领导人特意为一位科学家举行授奖仪式，这在中华人民共和国的历史上还是第一次。

然而，在家庭中，有时钱学森的名声却"不好"。

钱学森的夫人叫蒋英（1919—2012），她是一位曾留学德国的女高音歌唱家。他们是1947年夏在上海结为伉俪的，当时分别是36岁和接近28岁。

蒋英说，钱学森"欺骗"了她。因为年轻的时候，钱学森工作很忙，夫妇俩没有时间出去玩或回一回老家，因此歉疚的钱学森曾对她说，等到退休以后，一定陪她去玩，回老家去看一看。当真的退休了，他却哪儿也不去了。

蒋英

钱学森为什么要"欺骗"老伴呢？因为他一年到头都在工作，处于高度紧张状态，哪里有闲暇时间呢？哪里有什么退休不退休呢？这只要看一看下面的数据就知道了。

1950年8月，钱学森夫妇想从美国回中国未能如愿时，美国海关扣留他们的行李中，就有800多千克书籍和笔记本，其中有关科学研究的手稿有15 000多页。钱学森回复各界的信件，多达10 000多封。

…………

钱学森不但痴迷于工作，而且对地位、荣誉、金钱、财产看得很淡。例如，在1978年，为他去世的父亲钱均夫落实政策补发的3 000多元，他就全交了党费；他捐的著作稿酬和得的大奖奖金，已难以统计有多少次、有多大数额了。

当然，看了我们以上的故事，千万不要以为钱学森是一个无情无义的人。相反，他和蒋英相亲相爱、风雨同舟，有着一世情缘。例如，1999年7月，当中央音乐学院为蒋英执教40周年举行庆祝会时，88岁的钱学森即使因身体状况行动不便，还专门托人为蒋英送去祝福的花篮，并写好书面发言，由女儿代读。

十倍价钱买西瓜

——钱伟长"不会用钱"

　　用十倍的价钱买西瓜，是这个西瓜有什么"特色"，还是买西瓜的人有意"施舍"？

　　这些都不是，是买西瓜的人"弱智"。那么，这个"弱智"者是谁呢？

　　1982年，钱伟长（1912—2010）在无锡主持全国非线性力学学术会议。会后，钱伟长和夫人——教育家孔祥瑛（1914—2001），以及在上海大学任博士生导师的戴世强（1941— ）等一行游宜兴的善卷洞、张公洞。钱伟长一时有兴致，到西瓜摊买西瓜，没有讨价还价就开出了高价钱，乐得大家开怀大笑——开出的价钱竟是时价的十倍！这时孔祥瑛马上出面制止这一"弱智行为"。

　　钱伟长是中国近代力学之父，著名的科学家、教育家，杰出的社

孔祥瑛、钱伟长

会活动家，其智商绝对不在常人之下，那怎么会闹出"十倍价钱买西瓜"的笑话呢？

日寇发动可耻、肮脏的"七七事变"以后，偌大的华北已放不下一张小小的书桌。于是，"不愿做奴隶的人们"要图强自救——国立北京大学、国立清华大学和私立南开大学联合"内迁"。先是经过千辛万苦的"南渡"之后，在长沙成立了国立长沙临时大学，于1937年10月25日开学，11月1日正式上课。在日寇的铁蹄即将蹂躏长沙之际，师生们又果断地在当年年底"兵分三路"，再"西进"踏破"八千里路云和月"，最终落脚昆明，改称国立西南联合大学（简称西南联大），于1938年5月4日正式开课。

1939年8月1日，当年清华大学物理系的高才生钱伟长与中文系的才女孔祥瑛，终于在西南联大走上了婚姻的红地毯。

孔祥瑛是一个贤内助，总是创造条件让钱伟长专心致志地忙工作——特别是在她退休以后。例如，她为了让钱伟长在安静的环境中潜心工作，坚持不买电视机。当然，他们的孩子们也很懂事，毫无怨言，经常到邻家去看电视。1982年年底，钱伟长到上海工业大学当校长之后，孔祥瑛一直形影不离，随时照料钱伟长的饮食起居，保障他繁忙的工作有条不紊。在这"娇生惯养"的环境中，钱伟长对柴米油盐一概不管，甚至于不大会"用钱"。这样，就有了"十倍价钱买西瓜"的笑话。

冷水、面条一起下
——邓稼先的省时"诀窍"

邓稼先（1924—1986）是著名的"两弹元勋"之一。他在1958年34岁的时候，就能挑起这副重担，与他的勤奋以及痴迷有关。

我们知道，煮面条要先把水烧开，再放下面条，并立即用筷子把它搅散，以免面条糊成一团。这种方法有"缺点"：几次揭锅，费时费神。

邓稼先

于是，邓稼先想出了一种"先进"的方法。一天，他要煮面条，就把冷水和面条一起放在锅里，把火点燃。然后他满心欢喜地去书房，心想这下可好了，用不着中途来回去看，就可以节约时间用以工作和学习了。

没有料到，他痴迷在科学的海洋中，竟把这事给忘了。不过，还好，还没有烧焦。可是，打开一看，他就知道自己的"无知"了：面条结成一团，外面的已经成糊状，里面的不仅是干的，还是生的！

邓稼先不但是一个勤奋、痴迷于事业的人，更是一个道德高尚的人。

邓稼先为了国家机密，严守纪律，他要去从事原子弹研究的事，连妻子许鹿希（1928— ）和岳父许德珩（1890—1990）等一切亲友都没有告诉。

他绝不是无情无亲的人，邓稼先很爱养育他的母亲。在北京的时候，母亲在冬天晚上睡觉前，邓稼先都要提前去"预热"——先把母亲的被窝睡热以后起来，再让母亲去睡。

1964年10月16日下午中国首枚原子弹爆炸的前夕，他就得到远在北京的母亲生病的消息，但他还是坚守岗位。等到原子弹爆炸成功后，才火速乘汽车沿"搓板路"——戈壁滩上的路——到飞机场，再乘飞机返京。病床上的母亲在见到儿子之前，就看到了报道原子弹爆炸消息的红色号外，但她紧紧地攥着爱子的手时，已经睁不开眼睛了。

邓稼先也是一个事业重于生命的人。在1964年10月16日的原子弹爆炸之后，他不顾战友们的阻拦，冒着危险去干防化兵干的事：立即乘普通的吉普车冲向爆炸中心，要去检测那些稍纵即逝的参数。

"茶馆里的大学生"

——李政道如此求学

1957年12月10日16点30分，瑞典首都斯德哥尔摩蓝色音乐大厅，又一度的诺贝尔奖在这里隆重颁发。

站在这一次物理学奖领奖台上的是两位黄皮肤的——美籍华人杨振宁、李政道。

1926年11月25日，李政道出生在上海。他自幼就对数学和物理有独特的爱好，从小学到中学，学习成绩总是优秀。第二次世界大战期间，日本军国主义占领了上海，李政道和他的两个哥哥去江西继续读书。1943年李政道进入西迁贵州遵义的国立浙江大学，抗战期间的浙江大学，学习环境十分恶劣，教室和宿舍都在会馆里，连个看书的空地方都没有。

西南联大：群贤荟萃

怎么办？

困难难不倒痴迷者。李政道心生一计——茶馆不是可以任意进进出出么，那就捧着书到茶馆里去看好了。

从此，茶馆里多了一位"茶客"。任凭其他茶客喧闹，李政道也旁若无人，读书不止。

一年以后，李政道转入位于昆明的西南联大，这里的生活条件、教学设备仍然非常差，因此他还是经常去茶馆泡上一杯茶，看上一天的书。后来，李政道经常诙谐地自称，自己是"茶馆里的大学生"。

西南联大，在中国高等教育史上是一所极不寻常的顶尖学校，它聚集了当时我国一大批最优秀的学者、教授。据不完全统计，只有 8 年（1938—1946）校龄的该校，出了 174 位两院院士，2 位诺贝尔奖得主，4 位国家最高科学技术奖得主，8 位"两弹元勋"，100 多位著名的文学家……

西南联大的学生说："我们的老师有两个'特色'：'空前绝后'的风度，'脚踏实地'的精神。"这是在难以想象的艰苦办学条件下，对通常意义的"风度"与"精神"之外的乐观主义、浪漫主义和坚忍不拔，进行诙谐的解读："空前绝后"，是指没有条件穿新袜子，只好穿前后都破的旧袜子；"脚踏实地"，是指没有新鞋，只能穿磨破了鞋底的旧鞋，让脚踩在教室的地板上。如果还不能感受到西南联大筚路蓝缕的艰辛的话，那就再举一个例子：华罗庚一家（因为房屋被日寇的飞机炸塌）与闻一多（1899—1946）一家共 14 口人，仅仅隔着一层帘布，住在闻一多家 16 平方米的小房间内。如果还不够，那就用师生们的另一句话："西南联大是世界上最大的学校——课堂遍布整个昆明。"说是最大的学校，有两个原因——为了避免空袭，师生们分散住在昆明各地；"跑空袭"时也在防空洞、防空壕等处上课。哲学家金岳霖的杰作——"听课赏雨"，也见证了条件的艰苦：他在一次上课时，倾盆大雨打得铁皮屋顶叮咚响，盖过了他讲课的大嗓门，他只好在黑板上写下四个大字"听课赏雨"。至于像国学大师陈寅恪（1890—1969）这种月薪最高（600多元法币）的教授，几乎用一年的薪金才能买一支钢笔（每支6 000多元法币）。乞丐听文学家朱自清（1898—1948）说自己是教授（当时是"贫穷"的代名词）时转身就走，或者朱自清和自己的六个孩子一起捉蝗虫炒来"补充营养"，还美其名曰"炒大虾"。这类故事，真是"三天三夜也说不完"……

李政道

"外族"入侵之后，"南渡"者必不能"北归"，这已是"历史规律"——东晋、南宋、南明无一例外。西南联大是否也逃不出这一悲壮的窠臼？1938年初抵达昆明之时，并非所有的人都有肯定的回答。然而，"烽火桃李"们却在8年"驱除仇寇"之后，"复神京，还燕碣"！西南联大的意义，不仅在于保存了中国高等教育的火种，还在于折射出中华民族在遭受重大的挫折、处于异常艰苦的环境之中也能嬗变而浴火重生！

李政道在西南联大求学期间，结识了伙伴杨振宁，而对他影响最大的就是中国著名物理学家吴大猷（1907—2000）教授。40年后，李政道在美国哥伦比亚大学庆祝他60寿辰的酒会上深情地说："是吴大猷先生当初把我带到美国来的，给了我这样的机会，没有这样的机会，我是不会有今天的！"

吴大猷

1946年，还未读完大学的李政道经吴大猷教授的推荐，获得奖学金去美国留学，在芝加哥大学学习。当时出生在意大利的美国著名物理学家费米教授在这里执教，李政道投师在这位德高望重的学者门下，开始向理论物理学迈进。1950年，李政道在芝加哥大学获得哲学博士学位。

1951 年，李政道任新泽西州的普林斯顿高等研究院院士。在普林斯顿，李政道和美籍华裔学者杨振宁共同研究，在统计力学和核物理学等方面解决了一些极为突出和十分复杂的问题，从而迅速成为一个相当有名望的理论物理学家。

1953 年，李政道应哥伦比亚大学聘请离开普林斯顿高等研究院时，该院院长奥本海默说："看到他离开，我们十分不舍。他是我们所知道的最有才华的理论物理学家之一，他在统计力学、核物理学和基本粒子物理学中的成就使他成为世界知名人物，他的研究呈现出一种鲜明、灵活的独特风格。"

20 世纪 50 年代，物理学界最令人感兴趣的课题都集中在基本粒子的研究上。李政道和杨振宁共同合作，在基本粒子的研究天地里，选择了新课题——宇称守恒的问题。

在 20 世纪 50 年代之前，物理学家认为，物理定律在最深层次上是不分"左边"和"右边"的，时间和空间都是对称的，这就是宇称守恒定律的通俗解释。

宇称守恒定律自 20 世纪 20 年代被提出之后，科学家们运用它解决了不少问题，它已被学术界普遍认可。

1947 年，两位英国物理学家乔治·狄克森·罗彻斯特（1908—2001）和克利福德·查尔斯·巴特勒（1922—1999）发现了新的奇异粒子，就是 K 介子。这里的说明是，起初，他俩把在宇宙线中发现的两种粒子，统称为 V 粒子。其中的一种由两个带电的 π 介子产生，另一种由一个中性 π^0 介子和一个 π^+ 介子产生。后来，又把在宇宙线中发现的两种粒子统称为 θ 粒子，最后统称为 K 介子。1953 年，科学家们又发现，一种 θ 粒子衰变后产生出两个 π 介子，成偶宇称态，另一种 τ 粒子衰变后产生出三个 π 介子，成奇宇称态；而 θ 粒子和 τ 粒子的质量、很短的生命周期却分别完全相同。也就是说，发现了 K 介子有两种截然不同的宇称态，这就违反了宇称守恒定律。

那么，θ粒子和τ粒子究竟是一种粒子呢，还是两种不同的粒子呢？物理学家们对它们的认识产生了分歧，众说纷纭，谁也说服不了谁，这就是著名的"θ-τ之谜"。后来，人们又把θ粒子和τ粒子也统称为K介子，因此"θ-τ之谜"也叫"K介子衰变之谜"。

对传统理论和观念提出怀疑，不仅需要足够的胆量，而且更要有卓越的见识和确凿的事实。李政道和杨振宁通过深入的探讨和研究，总结了以往证实宇称守恒定律的实验，大胆地提出了在弱相互作用下宇称不守恒的假设。李政道在诺贝尔获奖演讲中说道："科学的发展总是我们的旧宇宙观念和我们对新事物的观察发生交互影响的结果……这样，在我们探索自然奥秘的时候，我们的观念和我们的观察之间的交互影响有时或许会使我们在已经熟知的现象中发现完全出乎意料的事物。"

1956年10月，李政道和杨振宁的论文《弱相互作用中宇称守恒的问题》，在《物理评论》上发表了。他们提出了"在弱相互作用中宇称守恒定律也许根本就不成立"的假说，也提出了验证这个假说的几种方法。

在哥伦比亚大学工作的另一位华裔女物理学家吴健雄（1912—1997）教授等人，经过反复的实验，终于有力地证明了李政道和杨振宁的假说完全正确。

1957年1月4日，哥伦比亚大学举行了一次大型记者招待会，公布了这个实验报告。推翻宇称守恒定律，是划时代的重大发现。一切物体的不对称是绝对的，而对称则是相对的，自然界的发展正是一个对称性不断减少的过程。

李政道和杨振宁就是因为提出弱相互作用下宇称不守恒的理论，使基本粒子研究获得重大发现而共同获得诺贝尔物理学奖的。

美国普林斯顿大学校长戈英，在授予李政道物理学荣誉博士学位时说："这位青年学者的辉煌成就，证明人类高度智慧的阶层中，东方人和西方人具有完全相同的创造能力。"杨、李二人的发现，完全证实了这位校长的判断。

是的，科学智慧属于全人类。同样，诺贝尔奖也向每一个国家敞开。

中国人痴迷学习出"怪招"，似乎很有传统。古有映雪囊萤、凿壁偷光……今有"茶馆借读""船上绑读"……

"茶馆借读"的李政道我们已经知道了，下面来说说"船上绑读"。

有一次，中国著名经济学家、教育家王亚南（1901—1969）坐船到欧洲，途中遇上大风浪，船颠簸得使人站立不住，无法读书。王亚南就叫船员把自己绑在圆立柱上，又聚精会神地读起书来。船上的外国人被他的这种举动惊呆了，纷纷翘起大拇指称赞说："中国人，真了不起！"

在良好的条件下要好好学习，在恶劣条件下也要想办法好好学习，从偷光凿壁到囊萤映雪的古人，到"茶馆借读"的李政道、"船上绑读"的王亚南，都是如此。

费尽心机、绞尽脑汁去勤学精研，从来只是"书痴"的专利。

一声巨响之后
——瓦砾堆中爬出诺贝尔

　　"轰！"一阵撼天动地的炸药爆炸声，响彻瑞典斯德哥尔摩东郊赫伦尼堡的上空。时间是 1864 年 9 月 3 日。这是诺贝尔家的炸药实验发生意外引起的，从事实验的 5 个人不幸遇难。

　　此时，诺贝尔的父母还在吃早餐，大火突然从实验室窜出，接着是雷鸣般的一声爆炸。几分钟之内，整个建筑化作一根升腾的火柱……

　　诺贝尔的母亲卡罗琳费了很大的劲才拖住丈夫，没有让他奔进烈焰中去救他的小儿子和别的人。邻居们拿着水桶和斧子奔跑过来，但不敢靠近，生怕再次发生爆炸。

　　大火把实验室烧得精光，旁观者都吓呆了。朋友们把老诺贝尔夫妇送回家，免得他们看到烧焦的残骸伤心。人们在冒烟的废墟里找

诺贝尔被埋在瓦砾中

到 5 具残骸，其中包含老诺贝尔 21 岁的性情温和、头脑聪明而办事认真的小儿子埃米尔——他在实验室协助化学师工作，任务是净化甘油，以便加进硝酸硫酸溶液中去。

这一天，诺贝尔进城去会晤 J. W. 史密特先生——一位对炸药极感兴趣的瑞典富翁，以争取他的帮助。

诺贝尔在城里听到爆炸的消息，急匆匆赶回家，还指望没有造成生命损失。等他看到冒烟废墟的时候，他的希望破灭了。

一打开自己家的前门，诺贝尔就知道无须开口了。屋子里一片死寂，父亲和衣躺在床上，两眼失神地盯着面前的什么地方；母亲的啜泣声断断续续从厨房传来——他什么都清楚了。诺贝尔对他的小弟弟和同时遭难的人感到万分悲哀。

起初，诺贝尔大声责怪父亲，怪他一心想发明新炸药，使儿子们也不得不跟着干。接着，他逐步检查实验室的操作过程，想找出造成这场悲剧的原因。他只能找出一点：他们没有看温度计。他一转念觉得又该怪他父亲，如果他不要孩子脾气，对过去的争吵耿耿于怀，应该会去协助实验室的工作，仔细看温度计。但随即他又为自己企图推卸责任而感到羞耻，他是这种新炸药的发明人和生产者，责任全在他身上。

诺贝尔深感悲痛，但他并不觉得应负道义上的罪责。他很清楚：威力强大的爆炸物的出现最后必将造福人类，而所有为此工作的人都将冒着生命的危险。

爆炸事件引起全城骚动。添枝加叶的报道四处流传，耸人听闻的谣言不胫而走——说是新炸药会将全城一扫而光。人心惶惶形成一股压力，迫使警察局迅即采取行动，调查事故发生经过，以明确其中是否存在刑事上的过失。后来，由于南方铁路公司和奥梅堡矿业公司需要炸药的暗中示意，警方的"热情"才稍有减弱。

政府从此禁止诺贝尔家在陆地上继续进行炸药试验。诺贝尔只好雇来一只平底船，在马拉伦湖的船上进行试验。

炸药事故可不是第一次发生了。

自从 1863 年 10 月 6 日诺贝尔第一次获得制造硝化甘油的专利权以来，世界各地的事故就接连不断。1866 年 3 月 4 日，澳大利亚运输硝化甘油炸药的车辆在悉尼发生大爆炸。同年 4 月 3 日，"欧罗巴"号轮船上的硝化甘油炸药发生爆炸，船上的一切都沉入汪洋大海。接着在 5 月，德国克鲁米尔硝化甘油工厂在搬运中发生爆炸，全厂毁于一旦……

对于这些爆炸，对于炸药的危险，诺贝尔是心知肚明的。他也不止一次这样出生入死。然而，他为了研制安全炸药，就不顾一切了。他相信《圣经》上的话："人生在世必遇患难，如同火星升腾。"

这一次又轮到诺贝尔自己了。

1867 年秋，诺贝尔又一次亲自点燃了导火剂——雷汞，然后一动不动地站着，聚精会神地注视着试验的变化。随着一声巨响，他的实验室被炸毁了，淹没在一片浓烟之中。

诺贝尔也被埋在瓦砾之中，他好不容易才从瓦砾堆中挣扎着爬了出来。满身血淋淋的他的第一句话却是一阵狂呼："我的试验成功了！我的试验成功了……"

大家要把诺贝尔送到医院，他却阻拦说："给我一杯水喝吧！"

水进了肚子，诺贝尔的精神又来了。他先用污手抹了抹脸上的血污，又用手拍了拍衣服上的尘土，又像是自言自语，又像是对大家说："我可找到它了……"

诺贝尔找到了什么？经过几百次试验，他找到了硝化甘油和硅藻土混合而成的安全炸药，他找到了能安全引爆它的雷管——由雷酸汞即雷汞制成……

从此，他的炸药在全世界取得了信誉，并很快在英国、德国和法国获得专利权，被广泛用于开矿、筑路等工程中。他也因此成为大富翁。

于是，就有了后来诺贝尔奖的故事——这个故事一直讲到今天，还将讲到永远……

"以身相许"火炸药

——亲临危险的王泽山

2018年1月8日，北京人民大会堂，国家科学技术奖励大会：两位"80后"中国工程院院士各自荣获2017年度国家最高科学技术奖。

一位是"以身相许"火炸药的"火药王"——19岁时就选择了火炸药专业的"中国诺贝尔"王泽山（1935— ）。

火药是国人引以为傲的古代"四大发明"之一，但在近代几百年里，中国的火炸药技术却一直落后于西方。火炸药是武器能源的核心，如何让中国的武器不再落后，让废弃的火炸药华丽转身之后在现代再现辉煌，就成了摆在中国科学家面前的难题。

20世纪80年代，王泽山率先攻克了废弃火炸药再利用等多项关键技术，为消除废弃含能材料公害提供了技术条件，并于1993年获国家科技进步奖一等奖，以及在1996年获国家技术发明奖一等奖。然而，1996年已经论著等身、功成名就的61岁的"火药痴"王泽山，却没有歇一歇，而是要啃更硬的"骨头"。

为了满足火炮远近不同的射程要求，装药发射前要在不同的单元模块之间进行更换。这既烦琐又费时，成了困扰世界军械界的难题。王泽山

王泽山亲临现场研究、指导

217

要啃的更硬的"骨头"，就是这个难题。

经过20年的不断尝试，王泽山用自己另辟蹊径所创立的装药新技术和弹道理论，带领团队研发出了具有普遍适用性的远射程、低过载等式模块装药技术。"这项技术在不改变火炮总体结构、不增加炮管压力的前提下，通过有效提高火炸药能量的利用效率来提升火炮的射程。"王泽山说，"这样，火炮只需用一种操作模块即可覆盖全射程，从而大幅度提升了远程火力的打击能力。"实验表明，火炮在应用这项荣获2016年度国家技术发明奖一等奖的技术之后，射程能够提高20%以上，最大发射过载有效降低25%甚至更多；这就使弹道性能全面超过其他国家的同类火炮。

侯云德

"我一辈子做一件事，就是火炸药的研究，这是国家给我的使命，我必须完成好，这是强国的责任，我要担当。"儿时惨遭国土被日本强盗侵略而沦陷，饱受屈辱的王泽山说。

而今，国家最高科学技术奖得主兼国家级"科技三冠王"的王泽山，依然亲临第一线与伙伴们冒着高温酷热、低温极寒，"坐在火药桶上"奋斗不已，为的是让中国的"战争之神"——火炮傲立世界，插上技术的坚强翅膀……

讲到这里，不得不提一下另一位荣获2017年度国家最高科学技术奖的"80后"中国工程院院士，他就是以"愿将此一生，贡献四化业"为座右铭的侯云德（1929—）。

痴迷研究危险病毒、病菌的病毒学家侯云德的主要成就，是研制出了许多种新型的抗病毒疫苗。例如，在全球突发甲型H1N1流感疫情、死亡近2万人的2009年，这位"病毒超人"担任专家组组长，领导全国38个部门组织的联防联控机制的技术攻关，经过87天的协同作战之后，率先研制成功新的甲型H1N1流感疫苗，让中国成为全球第一个批准甲型 H1N1 流感疫苗上市的国家。当时，世界卫生组织建议注射两针疫苗，但侯云德认为"新的甲型流感疫苗，打一针就够了"！于是，世界卫生组织也把"打两针"改为"打一针"。中国的这一有"8 项世界第一"，荣获中国 2014 年度国家科技进步奖一等奖的研究成果，实现了人类历史上首次对流感大流行的成功干预，获得世界卫生组织和国际上一流科学家的高度赞赏和一致认同。

他为什么"独立寒秋"

——莫瓦桑"偷听"科学报告

莫瓦桑　　　　　德维尔

"滚开，别站在那里……"

是什么人的骂声？又是在骂什么人？

1867年深秋，已是仅存"傲霜枝"的季节，巴黎自然历史科学院讲堂门外，一个衣着单薄褴褛的孩子，正在聚精会神地旁听里面科学家的讲演。他站在讲堂门外凛冽的秋风里，全然不顾它刺骨的寒冷。突然，一阵怒骂声将他的目光拉了过去。原来，一位"高贵的"讲演者发现了他……

孩子伤心地流下眼泪，只好悄悄地准备离开。正在这时，一个年约50的法国科学院院士闻声走出讲堂，当他问明事由后，立即亲切地安慰了这个孩子。

这个孩子是谁？他为什么在讲堂门外"偷听"？这个院士又是谁？

这个孩子，就是过了39年之后独享诺贝尔化学奖的费迪南德·弗雷德里克·亨利·莫瓦桑（1852—1907）——第一个获得诺贝尔化学奖的法国人。这个院士就是法国化学家亨利·艾丁·圣·克莱尔·德维尔（1818—1881）。

莫瓦桑出生在巴黎的一个贫困的铁路工人之家，由于没钱，所以他中学毕业后就未能升学。不能继续读书，这对有强烈求知欲的莫瓦

德布雷　　　　　　德黑雷恩　　　　　　弗雷米

桑来说，是多么不幸啊，但命运没有把他击倒。对知识的渴望驱使他如饥似渴地到处学习，所以才到讲堂门外"偷听"。

就这样，莫瓦桑意外而幸运地结识了德维尔，而这次幸运显然源于莫瓦桑对知识的痴迷与德维尔的爱心。

由于贫困，莫瓦桑不得不在17岁的时候来到巴黎著名的班特利药店当学徒。

一天，药店的大门突然被一个呼吸困难、面色蜡黄的中年人撞开："救……救……我吧。"他上气不接下气地说。"你怎么啦？""我……中……毒了……我……误把……砒霜……当药……喝了。"听罢，药剂师大惊失色："晚了，谁也没办法了。您还有什么遗嘱吗？"

此时，听到对话的莫瓦桑却挺身而出："也许还有救，我们给他吃一点吐酒石试一试……"这吐酒石是一种能引起呕吐的药物。随着一碗一碗的药物下肚，中毒的人得救了。此事轰动了整个巴黎——莫瓦桑对知识的痴迷没有白费。

在后来的艰难岁月里，莫瓦桑曾得到当时在法国很受欢迎的两个最著名的化学家——德维尔和乔尔斯·亨利·德布雷（1827—1888）的真诚帮助，在他们的实验室里当了半工半读的学徒，得以继续学习。

1889年，莫瓦桑进入巴黎农

莫瓦桑荣获诺贝尔奖100周年纪念邮票，法国发行于2006年

221

莫瓦桑和他发明的莫瓦桑电炉

艺研究院，先研究植物生理学，后转学无机化学；先后当过法国植物生理学家、农业化学家皮埃尔·保罗·德黑雷恩（Pierre Paul Dehérain，1830—1902）和法国化学家爱德蒙·弗雷米（1814—1894）的学生与助手。1886年和1900年先后任巴黎药物学院毒物学和巴黎大学无机化学教授，1891年成为法国科学院院士。他在1906年独享诺贝尔化学奖，主要成就是在19世纪80年代中后期对氟化物的一系列研究和在1892年发明了高温电炉（"莫瓦桑电炉"）——这一发明再次轰动了巴黎。

莫瓦桑电炉的最高温度可达3 500 ℃，这就直接打开了高温下化学反应的大门。他曾用这种电炉提炼出铀、钨、钒、钛等十几种金属。

当然，这些成果都是必须付出代价的。例如，在用剧毒的氟化砷[氟化砷是包括三氟化砷（AsF_3）和五氟化砷（AsF_5）在内的氟砷化物的统称]制备单质氟的电离实验中，莫瓦桑就四次因为中毒晕倒而不得不中断实验。他的妻子（1882年和他结婚）玛丽·利奥妮·鲁甘·莫瓦桑（Marie Léonie Lugan Moissan），曾多次劝他不要再做这些危险的实验了，但对氟异样执着的莫瓦桑只是摇了摇头……

为了表彰莫瓦桑在研究"死亡元素"氟方面的突出贡献，法国科学院发给他10 000法郎奖金。莫瓦桑用这笔钱偿还了之前实验欠下来的费用，又用剩下的钱建了一所私人实验室继续进行各种研究。在那里，他制出了许多新的氟化物。例如，让人注目的沸点很低的四氟甲烷（CF_4）——早期用于电

莫瓦桑城的莫瓦桑纪念碑

冰箱的氟利昂。

　　当年"独立寒秋"的孩子莫瓦桑，虽然因患急性阑尾炎在 1907 年突然辞世，但他出生时的小镇（在巴黎，后来改名为"莫瓦桑城"）却没有忘记他——为他竖立了一座高大的纪念碑……

实验室 ≠ 厨房
——贝采利乌斯和维勒

贝采利乌斯

"你知道实验室和厨房的区别吗？"贝采利乌斯（1779—1848）的老师挖苦他说。

而这句话，又在贝采利乌斯向他的学生维勒（1800—1882）回忆往事的时候，再次说了出来。

贝采利乌斯是瑞典化学家，维勒是德国人，那为什么两人走到了一起，而且还有这一回忆呢？

1823 年，瑞典化学家、斯德哥尔摩医学院教授贝采利乌斯，收到了一位名叫维勒的德国青年的来信：

"…………

我尊敬的导师，东方的文明古国——中国有句名言：'渊远而流长'。在我们这个时代，得不到瑞典著名化学大师贝采利乌斯教授的指教，将是终身的遗憾……

…………"

写信人维勒，是位才华出众的小伙子。他小时候喜欢美术，后来受一位医生的影响，爱上了自然科学，20 岁那年进入大学学医，第二年转学化学。他写这封信时是 23 岁，已获得博士学位。他对当时欧洲化学界的权威贝采利乌斯非常敬慕，所以写信要求拜师学习。

贝采利乌斯被维勒的诚心所打动，同意收留这位异国学生。

不久，维勒风尘仆仆地来到瑞典首都斯德哥尔摩……

有一天，维勒为分解沸石——一种铅硅酸盐矿石，通宵未眠。早晨，贝采利乌斯走进实验室，看见维勒还在做实验，就问道："分析沸石进行得如何？"

维勒指着试管说："很顺利，按照您的指示，这些沉淀再洗两三次，就可以得到纯净的氧化物了。"

贝采利乌斯一听，直摇头，生气地说："两三次？不！我从来没说过洗两三次就行。应当不断地洗，一直洗到没有酸为止！"

维勒委屈地沉默不语了。

此时，贝采利乌斯才仔细一看，维勒双眼通红。"啊！一夜没睡。"

贝采利乌斯意识到刚才的言语过于生硬了。为了使这位年轻人更专心于化学实验，贝采利乌斯向他讲述起自己上大学时的一件往事。

那时，大学规定学生每星期只上三次实验课。可是，贝采利乌斯醉心于化学实验，一有空就偷偷往实验室里跑。他的老师看见了，就挖苦他说："你知道实验室和厨房的区别吗？"

贝采利乌斯并没有因老师的冷言冷语而有所收敛。不过，他改变了方式，常常趁教授不在的时候，偷偷溜进实验室，悄悄做起化学实验来。

有一次，正当贝采利乌斯专心致志做实验的时候，抬头一看，老师突然出现在他的面前。他惊恐万分，等着挨训斥，不料老师看了他的实验，十分赞赏，反而允许他到实验室工作了。

贝采利乌斯满怀深情地对维勒说："你知道吗？我们瑞典有一个盛产珍珠的海湾。珍珠虽然漂亮，但它总是藏在贝壳里！我们搞化学研究的，只有经过千百次的化学

维勒

试验，才能发现隐藏在万物之中的化学规律。"

听师一席话，胜读十年书。维勒的心，被深深地震撼了。同老师当年上大学时相比，自己现在搞化学试验的条件不知要优越多少倍，可是自己并没充分利用这些有利条件……

维勒沉思了一会，对贝采利乌斯说："老师，我明白了。"

维勒继续埋头分解沸石，按老师要求，洗了一遍又一遍，终于提取出纯净的氧化物……

贝采利乌斯和维勒在化学上都做出过巨大的贡献。

贝采利乌斯创立了用拉丁字母表示元素符号的方法，这种方法沿用至今；先后发现了铈、硒、硅、钽、锆、钍等元素；指出同分异构现象是有机化学中的普遍现象；提出催化剂的概念，等等。

维勒最重要的贡献，是在世界上首次合成有机化合物——尿素，给唯心主义的"生命力论"以有力打击，开辟了人工合成有机物的道路；还与他的同胞、化学家李比希（1803—1873）一起，共同发现了氢醌等有机化合物。

仆人抱怨李比希
——无法打扫实验室

安息香酸是苯甲酸的俗名，是一种白色晶体，因最早由安息香提炼而得名，广泛用于制造防腐剂、杀虫剂、媒染剂、增塑剂、香料等。

可是，你知道为了揭开它的奥秘，科学家们付出了多少心血吗？

德国化学家李比希（1803—1873）是一个药剂师的儿子，在青年时代就热衷于化学实验。学徒期满之后，就到波恩攻读化学，于 1822 年取得博士学位，后来在巴黎深造，1844 年起在吉森大学任教授，1852 年又到慕尼黑的高等学校任教。

李比希

为了揭开安息香酸分子结构的秘密，李比希在实验室里连续干了好几个月，一步也没有离开过实验室，连吃饭都是由仆人送。

一天，仆人又送饭来了，看到实验室地上那么多的灰尘，再也看不下去了，就和李比希说："教授，您连着做了几个月实验了，还是休息一下，让我把实验室打扫干净吧！"听罢这话，李比希哈哈大笑："好吧！好吧！过几天就来打扫吧！"说完，又埋头做实验去了。

李比希在化学上有许多重要贡献。1830 年，他在前人的基础上，使碳氢分析法发展成为精确的分析技术。1851年，他发明的测定氰化物的银量法，至今仍在使用。李比希和维勒由一场对氰酸和雷酸的化学成分的争论而相识，发展到合作进行化学研究，写出了几十篇化学论文，都以两人名义发表。最终他俩结成了深厚的友谊，变为莫逆之交，这是化学史上的一则趣闻佳话。

钟情科学，痴迷实验，夜以继日连续奋战，是科学家们的"法宝"——有时为了抢时间，也是他们的"通病"——"科学病"。

著名药物"606"的发明者之一、德国药物学家欧立希（1854—1915），为研制它曾5天5夜没有合上一眼，经过了605次失败（一种说法），最后终于成功。

法国化学家拉瓦锡（1743—1794）为了使自己的眼睛能在黑暗中敏锐地分辨射进来的光线，曾把自己关在暗房中长达6个星期。

　　…………